【黒騎士】ゼクード
最年少でS級騎士の称号を得た少年。
天涯孤独で、家族の愛を求めている。
【緑騎士】ローエ
超大型のハンマーで戦うS級騎士の少女。
病気の妹のためにドラゴンの爪を求める。

【紅騎士】カティア
ランスと大盾を構えて戦う少女S級騎士。
自分よりも強い者を伴侶に迎えると公言している。
【蒼騎士】フランベール
魔法の矢を放つ、大人の魅力を持つS級騎士。
ゼクードの学校の先生も勤めている。

CONTENTS

S級騎士の俺が精鋭部隊の隊長に任命されたが、部下がみんな年上のS級女騎士だった1

ミズノみすぎ

BRAVENOVEL
ブレイブ文庫

第一章 【出会い】

ドンドンドンドンドンドン！

早朝から玄関を連打してくる。

やかましい。

誰だ？

「開けなさいゼクード・フォルス！　あなたがここにいるのは分かってますのよ！　大人しく出てきなさい！」

いや、俺が何をしたって言うんだ。

そんな兵隊さんの御用になるような真似はしてない、はず。

それよりもこれは麗《うるわ》しい女性の声だ！

「はーい！　いま開けますよー！」

訪ねて来たのが男だったならば俺は間違いなく居留守を決め込んでいただろう。

しかし女性ならば話はべつだ。

騎士たるもの女性を無下にはできない。

俺は意気揚々と玄関を開けた。

開けた先に立っていたのは長い金髪の女性だった。

それはもう眼が覚めるほど美しく、高貴なオーラを出した方だった。

緑を基調とした鎧に身を包み、少しつり上がった鋭いエメラルドグリーンの瞳が輝く。

髪に留めた羽飾りがとてもよく似合っている。

鎧の上からでも分かるほど起伏に富んだ非凡なスタイルが目を引くうえ、腰に手を当てた姿がやたら様になっている。

「……あら？　あなたが【黒騎士《ダークナイト》ゼクード】なの？」

心底意外そうにその女性は言った。

まぁ、俺は初対面にはだいたいこんな反応をされる。

どうにも顔と名前が釣り合ってないらしい。

これでも身なりには気をつけているのだが。

そもそも名前が悪者っぽ過ぎる。

「ええそうですよ。あなたは？」

失礼のないように聞くと、女性は丸くしていた眼を鋭く戻した。

美人アピールなのか、美しい金髪をふわりと手で撫でて揺らす仕草をした。

綺麗だ。

普通に綺麗だ。

あざとくても美しいものは美しい。

「早朝に失礼。わたくし【緑騎士《エメラルドナイト》】のローエ・マクシアと申しますの。今後編成される【ドラゴンキラー隊】の隊長に一目お会いしたくて参りましたわ」

【ドラゴンキラー隊】と言えば先日俺が国王に任された部隊の名前だ。

よく見れば彼女の鎧には『竜と剣の紋章』が刺繍されている。

これこそドラゴンキラー隊の証である紋章だ。

俺の鎧にも刺繍されている。

「ああ、ということはあなたは部隊の一人ですね。俺はゼクード・フォルスと申します。若輩《じゃくはい》者《もの》ですがよろしくお願い致します」

握手を求めて手を差し出すと、ローエさんは応じずに睨《にら》んできた。

「勘違いしないでくださる？　わたしくはまだあなたを隊長とは認めてませんの」

やっぱりかぁ。

まぁ、そうだろうなと、部隊を任された時から不安は感じていた。

何故なら国王から頂いた部隊名簿に【ローエ・マクシア】の名はあり、彼女の年齢が十七歳とあったのだ。

隊長となる俺は十五歳。

つまり年下だ。

二つも下の隊長なんてさすがに嫌なのだろう。

「やっぱり年下の隊長は嫌ですか？」

「当たり前ですわ。わたくしより年下ということは、わたくしより経験が不足しているということですわ。そんな方の指揮下に入れだなんて……いくら陛下の御命令でも納得できませんわ！」

だったら俺じゃなくて国王さまに直接言えばいいのに。

でもローエさんの気持ちも分かる。

「気持ちは分かります。俺も自分の隊長が男だったら嫌ですから」

「……は？　ちょっと何を言っているのか分かりませんが、わたくしの上に立つ者ならそれ相応の実力を持っていないと困りますわ」

言って、ローエさんはまた自慢らしい金髪を手で揺らした。

ふわりと良い香りが漂う。素晴らしい。

「ご存知かと思いますが、わたくしはこの国で数名しかいない【S級騎士】ですの。だから――」

「俺も【S級騎士】です！」

「知ってますわよ！　そんなことじゃなくて！　その【S級騎士】に成り立てのあなたが何故わたくしより上の隊長として選ばれたのか、教えてくださる!?」

俺が隊長に選ばれた理由か。

それはもう単純な理由である。

「国王さまが『お前が一番強いからだ』って言ってましたよ？」

「……っ！　……あら、そうですの」

冷めた声音を発し、ローエさんは眼をスゥッと細めた。

「陛下はわたくしの実力を把握していないみたいですわね」

ヤバい。この人、目が本気になってる。

かなりの負けず嫌いみたいだ。

いや、騎士なんてみんなそんなもんか。俺もそうだし。

「あなた午後は空いてますの？」

「空いてますよ。なんなら俺と一緒にドラゴン狩りへ行きませんか？　俺の実力……御見せしますよ？」

自信満々に言ってみた。

こんな美女と一緒にドラゴン狩りデートができるというのは悪くない。

当のローエさんは俺の言葉に驚いていたようで、またも目を丸くしていた。

「どうやら自信はあるみたいですわね？」

「もちろん。カッコいいとこ見せますよ？」

「ふふ、面白い人ですわ。なら午後に城門で合流しましょう」

「了解です」

俺が返事をするとローエさんは踵を返した。

ドレス状の鎧をカシャカシャさせて去っていく。

その彼女の背を見やると、ローエの得物らしい巨大なハンマーが担がれていた。

女性でありながら超重量の武器を扱える。

さすがは【Ｓ級騎士】である。

「あ！　そうだった！　あの！　ローエさーん！」

「はい？」

俺の呼び止めにローエさんが応じて振り向いてくれた。

どうしても聞きたいことがある。

今聞くべきか迷ったが聞いてしまおう。

「恋人とかいます？」

「は？」

「恋人ですよ恋人。いますか？」

「いるわけないでしょ！　なんなんですのいきなり！」

顔を真っ赤にして怒るローエさんは可愛かった。

年上なのに可愛い。

というか、いるわけない？

そんなバカな。

こんな美人なのに。

あ、美人特有のとっつきにくさのせいかな？

たしかに彼女はスキが無さすぎて近づき難い雰囲気があるが、こういう女性はそれがいいと思うのだ。

「いやすみません。もし恋人持ちとかだったらヤル気でなくて俺」

「意味が分かりませんわ！　まったく！」

ローエさんは怒って去ってしまった。

怒らせてしまったが良かった。

ローエさんにはまだ男がいないらしい。

俺もそろそろ嫁さん探しをしないといけない年齢だ。

だから今回のコレは良い機会だ。

この日のために腕を磨いてきたと言っても過言じゃない。

ローエさんに俺の魅力を思いっきりアピールして、隊長としても男としても認めてもらわねば。

……少年の両親は、少年が五歳の時に亡くなった。

父は戦死。母は病死。

そんな寂しい幼少期を過ごしていた少年は父の言葉だけを信じて生きてきた。

『いいかゼクード。女にモテたければとにかく強くなれ。男はな、弱いとダサいと言われる。だが強くてダサいと言われることはまずない！』

四歳の時に言われたこの言葉だけやたら鮮明に覚えている。

少年はこの言葉を愚直に信じていた。

だから女性にモテるために鍛錬を毎日サボらずやった。

それが功を成し、生まれ持った【剣の才能】が開花した。

才能をものにした少年はわずか十五歳でS級騎士にまで上り詰める。

これから少年はその手にしたこの強さで素晴らしい女性を射止めていく。

自分の夢を叶えるために。

その夢とは……


【大家族を持つこと】


ずっと一人だった少年は大家族に憧れていた。

少年の住むエルガンディ王国は一夫多妻が許されている。

夜、街中を歩けば食事を楽しむ大家族の笑い声が耳朶《じだ》を打つ。

それに何度も辛い思いをしてきたのは言うまでもなく、寂しい毎日を過ごしていた幼き日の少年の心を揺すっていたのは記憶に新しい。

だからこそ憧れ、自分も手に入れたいと夢見たのだ。

自分だけの大家族。自分を中心に大きくなる【フォルス家】を。

もう一人で寂しく暮らすのは嫌だから。

「——ということが朝からあってな。午後にローエさんとドラゴン狩りデートすることになった」

「デートとか言うな。狩りは遊びじゃねーんだよ」

そんなやりとりを友人グリータと騎士学校でやっていた。

ここは『騎士＝ドラゴンを狩る者』を育成する野郎だらけの学校だ。

もちろんローエ・マクシアみたいな女騎士もいるが極めて少数派である。

ちなみにここは騎士学校だからみんな服は鎧だ。

俺も王国から支給されたミスリル製の漆黒の鎧を着て登校している。

それに比べてグリータや他のクラスメイトたちはペラッペラのミスリル板を衣服に貼り付けただけの軽装だ。

昔はこんな下級騎士には皮の鎧が支給されていたのだが、皮の鎧の方が作るのが大変だったらしく、今のような薄いミスリル板を付けた衣服になった。

見た目はダサい。実にダサい。弱そうだし。

まぁ俺と同じ鎧を着ても、グリータたちでは重くて動けなくなるだろう。持久力や筋力的に。

あとみんな武装もしている。

俺の得物は大剣をスリムにした長剣ロングブレードだ。

父の形見の愛剣である。

こんな装備をしていても校内抜刀は禁止されている。

このフル装備状態なのはいつでもドラゴン狩りに出撃できるようにするためという理由であり、校内ではただの制服扱いである。

万が一にでもドラゴンが街中に侵入してきたら即座に対応するためのフル装備だ。

だが侵入されたら王国の騎士さん方がなんとかしてくれるから、きっと俺たちの出番はないだろう。

とりあえず担任のフランベール先生が来るまで俺はクラスメイトたちと雑談を楽しむことにした。

「いやぁ～しかしあんなに美人だから恋人とかいるかもと思ったけど大丈夫だったよ。良かった良かった」

「ゼクード。お前って本当にそんなことばっかりだよな？　騎士として恥ずかしくないのか？」

「ないね。俺の騎士道は女性にモテること第一だからな。だから常に日頃から女性のことを考えるのは至極当然の事なんだよグリータ君」

「あっそ。ローエ・マクシアって言ったら『マクシア領』にある【騎士学校】の三年生だったよな？」

グリータが俺を流して話を進めてきた。

するとクラスメイト達がウンウンと話し始める。

「そう。まだ学生騎士なのに【S級騎士】に認められるほどの実力者で【緑騎士】の称号を持ってるんだ。あの年齢で凄まじい完成度なんだって」

それ俺もなんだけど。

誰も俺のことを讃えてくれない。悲しいなぁ。

ハァ〜と露骨に大きな溜息を吐くと教室の扉がガラリと開けられた。

フランベール先生かと思いきや。

「失礼するぞ。ここにゼクード・フォルスはいるか？」

違った。フランベール先生ではなかった。

あの先生はこんな男っぽい喋り方はしない。

しかし男っぽい喋り方だが声そのものは女性のものだ。

俺は即座に手を上げて彼女の呼び掛けに答えた。

「はい！　俺です！」

俺はその女性を見た。

黒いリボンで赤い髪をポニーテールにしているその女性はローエさんと同じデザインの赤い鎧を装備していた。

前衛女騎士専用のデザインだからローエさんと被っている。

「ほう？　お前が【黒騎士ゼクード】か？」

剣のような鋭さを持ったライトブルーの瞳が俺を見据えてくる。

綺麗だ。なんて棘のある凛とした美しさだろう。

「ええ、あなたは？」

「カティア・ルージだ。【ドラゴンキラー隊】の一員になる者だ」

やっぱりか。彼女の鎧にも『竜と剣の紋章』が刺繍されていたからすぐにわかった。

たしかこの人【紅騎士《クリムゾンナイト》】って部隊名簿にも書いてあったな。

「キサマが私の隊長に相応しい実力なのかどうなのかを見たい。今日の午後は空けておけ。城門で合流する」

「え？　あ、はい！」

一方的に言い放ってカティア・ルージさんは去っていく。

なかなかに強引な女騎士だ。

午後ってことはローエさんと被るな。

まぁいっか。カティアさんの目的もローエさんと同じなら二人同時に相手にするまで。

野郎相手なら蹴っていたが、こんな美女なら話はべつだ。喜んで受けて立とう。

俺は彼女の背に担がれた【ランス】を見た。

彼女もまた重量級武器の使い手なのか。

『竜と剣の紋章』が刻まれた大盾も装備している。

凄いなぁと感心して見送っていると、俺はまた大事なことを思い出した！

「あ！　待ってくださいカティアさん！」

「悪いが急いでいる。早く戻らないと遅刻扱いに――」

「恋人います？」

言われたカティアは眉をひそめ、どこか呆れたように溜め息を吐く。もちろんグリータや周囲のクラスメイトたちも心底呆れていた。

「いるわけないだろう」とだけ返してそのまま帰って行った。

やった！　カティアさんも男がいないみたいだ！

これは素晴らしく幸運だ。幸先がいいな。

あれほどの美女になるとだいたい男が付《むし》いてるもんなんだけど幸運だ。

「おいゼクード。やばいぞこれ。ローエ・マクシアと同じ三年生の【S級騎士】カティア・ルージだ。おまえ本当に大丈夫かよ？」

グリータが心配そうな声で俺に聞いてくる。

俺は親指を立てて答えた。

「大丈夫だって。知ってるだろ俺の実力は。この日のためにをずっと鍛えてきたんだから」

「そりゃ知ってるけど相手も相当な腕前なんだぜ？」

「ロリータ。言いたいことは分かるが」

「グリータな？」

「ぉ、おう。別に負けても殺されるわけじゃないし、そこまで深刻にならんでも良いだろう？　まぁ負けねぇけどな」

「自信家だなホンットに。つかその【ドラゴンキラー隊】ってなんのための部隊なわけ？」

グリータだけでなくクラスメイト達もみんなそれが気になってたようで、視線を俺に集中させてきた。

なんだ。

まだ情報は回ってないのか。

まぁ昨日の今日だし仕方ないか。

「なんでも最近『S級ドラゴン』が各地で目撃されているらしくてな。そいつらを討伐するための部隊らしい」

「『S級ドラゴン』!?」

クラスメイトのみんなが驚愕した。

それもそのはず。

『S級ドラゴン』は一匹で街を壊滅させるほどの化け物なのだ。

その辺にいるA級ドラゴンなど可愛く見えるほどにレベルの差がある。

十年前にもS級クラスのドラゴンが現れたことがある。

そいつを倒すために多くの犠牲を払ったとか。

たった一匹を相手に、だ。

その犠牲者の中には俺の親父も含まれている。

S級ドラゴンと相打ちになった英雄フォレッド・フォルス。

それが俺の父親だ。

王国最強の騎士だったらしいが、そんな親父でさえ相打ちになるほどの強敵。

S級ドラゴンとは本当に危険な存在なのである。

「か、各地でS級ドラゴンが!?」

「マジかよ……」

「複数も現れたとか、勝てんのかよ」

クラスメイトたちが不安を口々に語る。

そんな彼らに俺は指を差して言った！

「そう！　これが本当なら金とか女とか言ってる場合じゃないぞ！　お前ら！」

「オメェだよそれ」

グリータに冷静に突っ込まれ俺は笑顔を返事にした。

この時の俺はまだどこかフワッとした感覚で生きていた。みんなが不安がってる中で自分だけ笑っている。

守るべき者を何も持っていない空っぽな自分は、自分の命さえ軽く見ている気がする。

みんなには父や母。あるいは祖母や祖父などもいるだろう。しかし俺にはそんな身内はもう誰一人としていない。

失う物がないから気楽なものだが、それ故に虚しさを感じることがある。

これを消し去るにはやっぱり家族を持つしかない。

強いだけじゃダメだ。

一人前の男になるにはやはり守るべき家族を持たないと。


それからようやく担任のフランベール先生が教室にやってきた。

俺たちはすぐさま机も椅子もない教室の中で整列した。

これが騎士学校の姿だ。ずっと立ちっぱなしなのだ。

「みなさん。おはようございます」

「おはようございます！」

いつもの挨拶を済ませた俺たち。

フランベール先生は今日も美しかった。

丸い碧眼は青空の様に澄んでおり、花のように良い香りがするクリーム色の長髪は少し癖毛が跳ねており、それが特徴となっている。

装備は俺と同じくミスリル製の鎧だ。

軽装モデルで濃い青色のマントをなびかせている。

そのマントには俺と同じ『竜と剣の紋章』が刺繍されてる。

武装は大弓。

正確無比な射撃はフランベール先生の売りで、俺も何度も先生の援護には助けられている。

そして俺たち男子生徒が凝視してやまないのがフランベール先生のスタイルだ。

柔らかく暖かな母性を感じさせる彼女の大きな胸と尻。

二つの山は引き締まった腰のくびれを強調して、スタイルの良さを存分に披露している。

あのローエさんとカティアさんも凄まじいスタイルだったが、フランベール先生も負けてない。

この三人を並べたら絶景だろう。

「みなさん元気でよろしいですね。今日もしっかり勉強して、しっかり身体を鍛えて、ここ【エルガンディ王国】を守る立派な騎士になりましょう」

「はい！」

無駄に元気な返事をする俺たち。

ふふ、と笑ったフランベール先生は何かを思い出したように手をパチンと叩いた。

「あ、そうそう。みんなに【良い知らせ】と【悪い知らせ】があります。まずは【良い知らせ】から。ゼクードくん」

「はい？」

「前に来てくれる？」

「よろこんで！」

【良い知らせ】の中身を察した俺は誇らしげに胸を張って先生の隣に立った。ふわりと先生の甘い香りが鼻をくすぐる。

「なんとこの【一年一組】のゼクードくんが【S級騎士】に叙任されました！」

シーン……

「そしてゼクードくんは正式に【黒騎士】の称号も国王陛下から授与されました！」

シーン……

「いやなんか言えよお前ら！」

「おめでとう」

グリータとクラスメイト一同の棒読みを頂きました。

「お前らなんか大っ嫌いだ。特にグリータ」

「なんでだよ。お前が何か言えって言うから言ったんだろうが」

そんな俺たちのやりとりを見ていたフランベール先生は笑っていた。

「ふふふ、相変わらず二人は仲良しね。それと今日から先生はゼクードくんの部下になります」

「えええええええ!?」

クラスメイト一同が断末魔のような声を張り上げた。

イイ気味である。

フランベール先生も【蒼騎士《ブルーナイト》】の称号を持つ【S級騎士】。

だから当たり前のように俺の【ドラゴンキラー隊】に編成されていたのだ。

「なんとゼクードくんは最近編成された【ドラゴンキラー隊】の隊長に任命されたのよ。先生はその隊の一員になるの。だからよろしくお願いしますね。ゼクード隊長」

少し甘い口調でそう言いながらフランベール先生は笑顔を向けてくれた。可愛い。

こんな美人を部下にできるなんて。

しかも担任の先生だ。素晴らしい。

責任が重くて面倒くさいなと思ってたけど、隊長を請け負って正解だった。

……いや、待てよ？

「あの……先生は年下の俺が隊長で良いんですか？」

「うん。先生はゼクードくんの実力ちゃんと知ってるからね。文句なしよゼクードくんなら」

「あ、ありがとうございます！」

なんて懐の大きな方だ。

身も心も美しい。

「くっそー俺たちのフランベール先生がゼクードの部下だと!?」

「ちくしょう。羨ましい……」

「地獄に落ちろ女好きめ」

誰が『女好き』だ。俺は『女性想い』なのだよ。

「みんな。次は【悪い知らせ】なんだけどよく聞いて。もうゼクードくんに聞いたかもしれないけれど各地で【S級ドラゴン】が発見され始めてるの。今のところ全部で四体の【S級ドラゴン】が確認されてるわ」

いつになく真剣なフランベール先生に感化され、さっきまでのふざけた緩い空気をクラスメイトたちは消し去った。

「ここ【エルガンディ王国】だけじゃなく、他国の【リングレイス王国】【アークルム王国】【オルブレイブ王国】も同じく【S級騎士】の竜狩り部隊を編成して【S級ドラゴン】を討伐することになってるの」

本当に大規模だ。英雄頼みだった昔とは違う。

まさか四国が一丸となって動くとは。

十年前の悲劇をみんなしっかり糧にしている。

これは素晴らしいことだと思う。

「まだ準備に数日掛かるらしいけど、それだけ大規模な討伐戦が控えてることだけは覚えておいてね。直接戦うのはわたしとゼクードくんだけど、みんなにも危機感はある程度持っていてほしいの」

たしかに【S級ドラゴン】が相手ではグリータら最下級の【C級騎士】に出番はない。

危機感だけ、というのは妥当だろう。

彼らが相手できるドラゴンなんてC級ドラゴンのドラゴンベビーや、B級ドラゴンのドラゴンマン程度の雑魚くらいだ。

そんなことを考えながら俺は元の立ち位置に戻った。

「おい……ゼクード」

「ん？」

隣のグリータが小声で語りかけてきた。

「死ぬなよ？」

「なんだよ急に」

すると後のクラスメイトたちまで俺に語り掛けてきた。

「相手はS級ドラゴンだろ？」

「マジで気を付けろよゼクードお前」

「え？　ぉ、おう……」

なんだ急にみんな改まって気持ち悪い。

「みんなお前には感謝してるんだよ。だから死ぬんじゃねぇぞ」

「あ、ああ……」

感謝？　なんで？　俺がお前らに何をしたよ？

「……いったい何なんだ？　急にみんな気持ち悪くなったぞ」

隣のグリータに聞くと彼は笑った。

「みんな無謀と勇気を履き違えた馬鹿だったからな。一回はA級ドラゴンに食われかけた過去がある」

言われて思い出した俺は「ああ」と腕を組んだ。

「いっぱいあったなぁそれ。俺の真似しようとA級ドラゴンに挑んで返り討ちにされたヤツ」

「それだ。みんな弱ぇくせに真似しようとしてさ。……でも誰も死ななかった」

「そりゃあ俺がいたからな！　何度助けてやったか覚えてねぇや」

自信満々に胸を張って俺はグリータに言った。

するとグリータや他のクラスメイトたちもその事をまったく否定しなかった。


騎士学校を終えて、俺はローエさんとカティアさんが待っているゲートへと向かった。

大勢の人間が行き交う【エルガンディ】の街を歩き、白い石畳の上を通るといろんな声が聞こえてくる。

中でも特に耳に残ったのは。

「え～またウサギの肉ぅ？　父ちゃんいつになったらドラゴン狩ってくれるの？」

「簡単に言うなよ。ドラゴンって強ぇんだぞ？」

「そうよ～。うちのお父さん弱いんだから許してあげて」

「お、おい……弱いとか言うなよ……子供の前で……」

お父さん可哀想に……。

【エルガンディ王国】の食事は基本的に配給制で、それ以上を食べたかったら自分で狩ったり採取するしかないことになっている。

王国の外は危険だから男性の狩猟能力がそのまま家族の豊かさに繋がるのだ。

地位もそうだ。男性の騎士としての強さがそのまま一族の地位を決めると言っても過言ではない。

俺もいつか家族を持ったらうんと贅沢させてやりたいな。

そしてみんなで楽しく喋りながら食事をするんだ。

きっと楽しいだろうな。

今は何をやるにしても一人だからつまんないったらありゃしない。

はぁ……早く結婚したい。

そう思いつつ前を見ると、そこには何年も俺たちの生活を守ってくれている城壁が見えた。

『第二城壁』である。

ここ【エルガンディ王国】はドラゴンの脅威から身を守るために二つの城壁を建てているのだ。

『第一城壁』と『第二城壁』。

高さは『第一城壁』が十五メートルで『第二城壁』は二十メートルとなっている。

その城壁の中央にこの王国の城門がある。

迎撃拠点にもなっているその城門にたどり着き、俺は内部へと入った。

あの麗しいローエさんとカティアさんが受付で待っているはずだが。

「わたくしですわ！」

「馬鹿を言うな！　私だ！」

なんかケンカしてる!?

城門内部の受付ホールでローエさんとカティアさんが怒鳴り合っていた。

受付の騎士さん方が困り果てている。もちろん他の騎士さん達も。

これは隊長として首を突っ込まねばなるまい。

俺は二人の元へ急いで駆け寄った。

距離が近づくにつれ二人の女性らしい甘く良い匂いがする。なんで女性ってこんなにも優しい匂いがするんだろう？

気になるが今は後回しだ。

「やめてくださいローエさんカティアさん！　こんなところでケンカしてたら迷惑ですって！」

二人の間に割って入るとピタリと口喧嘩が止んで視線が集中する。

「あら、やっと来ましたのね。待ちくたびれましたわ」

「逃げずに来たようだな」

「当然ですよ」

「いいですことゼクード？　このドラゴン狩りでの勝負。わたくしが勝ったら隊長の座を譲っていただきますわ」

ローエさんの発言にすぐさまカティアさんが噛みつく。

「おいキサマ。まだ夜も更《ふ》けていないのに寝言をほざくな。隊長は私がやる」

「あら？　あなた如きにわたくしの隊長が務まるとでも思って？」

「その言葉そっくり返してやる」

ローエさんとカティアさんの睨み合いがより一層険しくなった。

うわぁ険悪だ。なるほど。

隊長の座でケンカになってるのか。

「そんな怖い顔して睨み合わないでくださいよ。せっかくの美人が台無しですよ？」

俺が言うとローエさんとカティアさんは息もピッタリにこちらを睨んできた。

「あなたが勝手にこの人を誘っていたからこうなってますのよ！」

「お前が勝手にコイツを誘っていたからこうなっているんだぞ！」

セリフも似たようなこと言ってる！

というか勝手に誘ったって言ってもカティアさんの場合は一方的だったからなぁ。

まぁあの時すぐ言わない俺も俺か。

「ま、まぁまぁ落ち着いて。お二人の目的は俺の実力を見ることでしょう？　だったら良いじゃないですか。目的がいっしょなんですから」

「……まぁ、そうですわね」

「ふん……まぁいいだろう。見せてもらうぞ。お前の力を」

「まかせてください！　ガッカリさせませんよ。さぁ森へ行きましょう」


王国の外へ――つまり城壁の外へ出るには城門で受付してからじゃないと出られない。

王国から一歩出ればそこはドラゴンが徘徊する広大な大地だ。

一般人はもちろん危ないから出れないし、並みの騎士でも命の危険性がある。

だから色々と制約があるのだ。

狩猟なら期間を聞かれ、その期間の内に帰って来なかったら救助騎士隊が出動するようになっている。

狩りの際に負傷して動けなくなったり、迷ったりして帰れなくなったりなど、ドラゴン狩りのトラブルはよくある。

しかし今回は近くの森でのドラゴン狩りだ。

しかも狩猟メンバーは【S級騎士】の俺とローエさんとカティアさんである。

これ以上にない強力なメンバーだ。

フランベール先生も居れば【S級騎士】のフルメンバーだったのだがA級ドラゴン相手にそれはやり過ぎだろう。

A級ドラゴン側からすれば、すでにこのメンバーが相手な時点で殺意が高過ぎるように見えるはず。

そして俺は美女二人を連れて王国付近の森に来た。

生い茂る木々に日光が遮られ、森の中はやや薄暗くなっている。

もはや慣れた狩猟場でもある。

だからどのへんにドラゴンがいるかは当たりをつけておいた。

森を少し進んで湖のある広場。やはり予想は当たった。

一匹のドラゴンがその湖を飲んで休んでいる。

全高三メートル。全長は五メートルほど。

並の騎士でもそこそこ危険なA級ドラゴンだ。

赤い鱗に覆われたそのドラゴンは俺たちの匂いを嗅ぎ取ったのか首を上げてきた。

俺たちは咄嗟に木の陰に滑り込むように隠れる。

そして隣のカティアさんが口を開いた。

「ちょうどいい。一匹だけだ。行って来いゼクード」

「了解。ちゃんと見ててくださいよ」

俺はロングブレードの柄を握った。

立ち上がろうとすると、カティアさんとローエさんが助言を口にする。

「実力を見せろとは言ったが無理だけはするなよ？」

「危険だと判断したらすぐ助けに入りますからね？」

相手が誰であれ同じ狩場にいるならそれは味方。

下手な意地の張り合いは生死に関わる。

この二人はそれを重々承知しているのだろう。

思ったより柔軟な思考の二人で助かる。

「覚えておきます」

満更でもない声で返した俺は木の影からゆっくりと姿を晒した。

背中に担いだロングブレードをカチンと鞘から抜き放ち、ギラリと刀身を煌めかせる。


騎士の階級はC級からS級まである。

C級からB級に上がるためにはB級ドラゴンを一人で狩れるようにならなければならない。

B級からA級も同じでA級ドラゴンを一人で狩れるようになる必要がある。

ではS級は？

S級はA級ドラゴンを一分以内に討伐できる者がS級騎士を名乗ることを許される。

つまりここにいるゼクード・カティア・ローエはみんなA級ドラゴンを一分以内に討伐できる猛者。

そんなS級騎士は【エルガンディ王国】にはたったの六人しかいない。

その一人で新人のゼクードはどれほどのものか。

草の地面を踏みしめると向かいのA級ドラゴンがついにゼクードに気づいて咆哮する。

四肢を唸らせ突進してくるA級ドラゴンはゼクードに向かって飛び掛かった。

その攻撃に対し、ゼクードの回避動作はわずかな体捌きのみ。

「え!?」

「な!?」

ローエとカティアは驚愕した。

端から見れば当たっているようにしか見えないほどそれは近く、紙一重だったのだ。

あんなギリギリで飛び掛かりの爪を避ける騎士などいない。

どんなに熟練した騎士でも普通はもっと余裕を持って回避する。

あれだけ危険な回避をしたゼクードの表情は、しかしあまりにも余裕があった。

そのままロングブレードの柄に手を駆けた彼の次の動作は凄絶。

『銀の斬光』が見えたかと思うとドラゴンの左腕が斬り飛ばされていた。

さらにもう一閃を放ったゼクードはドラゴンを風のようにすり抜けていく。

それは先ほどの一閃とは違った。

おそらく常人にはただの一閃にしか見えなかったであろう今の攻撃は、秒間で五〜十もの斬撃を放っていた。

高速の斬撃などではない音速レベルの斬撃だ。

そんな神業を食らったドラゴンは全身から血を薔薇のよう吹き出させて一瞬で絶命した。

それは彼がドラゴンと向き合ってからわずか数秒の決着だった。

カチンとロングブレードを背中の鞘に納めてゼクードはふぅと一息吐く。

見ていたローエとカティアはまだ思考が現実に追い付いていなかった。

「す、凄い……わたくしたちは今……何を見たんですの？」

「三十秒も掛かっていない……なぜ一年の奴がこれほどまでの剣技を？」

ローエとカティアの知る剣技の中では、彼の剣技は間違いなく最高クラスのものだ。

騎士学校の一年生が習得できるものではない。

「あなた、いったい……」

思わず口にしてローエは木の影から出てきた。

カティアも後に続いて出てくる。

そんな二人の元にゼクードが慌てたように走って戻ってきた。

「武器を展開してください！　まだ出てきます！」

「「！」」

そこからのローエとカティアの対応は早かった。

一呼吸の間に武器を展開し背中を合わせた。

そこにゼクードも加わり三方向を警戒する。

そして間もなく現れたのは五体のA級ドラゴン。

前に三匹。左右に一匹。

こんな近くまで接近していたのに気配を察知できなかった。ローエとカティアは内心で猛省した。

ゼクードの圧倒的な強さに見惚れて油断してしまっていた。

だからゼクードは慌てて戻ってきたのだろう。

まったく気づいていないローエとカティアの元に。

「ごめんなさい！　油断してましたわ！」

「私もだ！　すまん！」

謝るローエとカティアにゼクードは「いえ」と返して続けた。

「正面の三体は俺がやります。二人は左右の一体を」

「了解ですわ」「了解だ」

ローエとカティアは自分でも驚くほど素直にゼクードに従っていた。

圧倒的な実力差を見せつけられて、心が負けを認めてしまっていた。

だがソレは同時に部隊の統率を上げる結果にもなっていた。

ゼクードの指示に従い、即座にローエとカティアは左右のA級ドラゴンに掛かる。


ローエは加速し目の前のドラゴンに突撃していく。

するとA級ドラゴンはこちらに向かって火球を発射しようとしていた。

その前動作を見てとったローエは。

「あら、こんな森で火遊びは――」

背中のハンマーを取り出し、さらに加速。

柄を握った手に力を込め。

A級ドラゴンが火球を発射するその瞬間、ハンマーを地面スレスレに滑らせる。

「――おやめなさい！」

すくい上げ、そのままドラゴンの顎を強打する。

無理矢理閉じられたA級ドラゴンの口は、発射するはずだった火球の出口を無くして大爆発を起こした。

自爆する形になったA級ドラゴンは苦痛に呻き顔を大きく天へ仰いだ。

しかしその自爆後の怯み動作さえも予測していたローエは飛翔し、A級ドラゴンの脳天にハンマーの一撃をお見舞いする。

ドゴンと地面に顔を叩きつけられたA級ドラゴンは起き上がる間も無く、降下してきたローエの更なる追撃を受け地面に顔が埋まる。

「終わりですわ！」

最大パワーの一撃を埋まったドラゴンの顔にブチかましてトドメを刺した。


カティアは駆けた。

ランスと大盾という重量級の装備であるにもかかわらず、その速度は一瞬でA級ドラゴンとの間合いを詰めた。

敵は腹が空いてるのか、大口開けてカティアに噛みつこうとした。

見飽きた攻撃だ。

カティアはA級ドラゴンの牙をバックステップで容易く避け、竜鱗の少ない首筋をランスで突き刺す。

肉質の柔い首筋の肉を貫き、鮮血が舞う。

首筋に風穴が空いたのに怒りの咆哮を見せるA級ドラゴンはさすがの生命力だった。

A級ドラゴンは首から血を噴き出させながら口から火球を発射した。

目前のカティア目掛けて悪あがきをするドラゴンだったが、苦しい思いをして発射したであろう火球はカティアの大盾によってあっけなく防御された。

カティアはその火球を大盾で受けながらも前進し、開き切ったドラゴンの大口にランスを突き刺す。

「【エクスプロード】！」

カティアが唱えたのは炎の魔法。

カティアが赤い鎧を装備している理由はこれ。

炎魔法使いは赤い鎧。風魔法使いは緑の鎧。闇魔法使いは黒い鎧。

【エルガンディ王国】はそうやって鎧の色を使い分けている。

魔法は追加ダメージに便利だが体力を消耗する。

前線で戦う騎士はあまり多用しない方がいいのだが、カティアはランスの火力を補うためによく使っている。

まさに今のように。

ランスの切っ先が赤く光り、次の瞬間には爆発を起こした。

口内で爆発を食らったA級ドラゴンはその口から黒煙が上げて倒れた。


担当したA級ドラゴンを片付けたローエとカティアはすぐさまゼクードの加勢に向かおうと姿勢をそちらに向けた。

が、当のゼクードはカチンとロングブレードを鞘に納めていた。

三体のA級ドラゴンがみんなやられている。

ローエとカティアは流石に目を疑った。

こちらが一体を倒している間に、ゼクードは三体を仕留めていたのだ。

みんな見事なまでに首を一閃されている。

あの恐ろしく堅い竜鱗と竜骨をまとめて両断できるとは。

ゼクードの持つロングブレードの切れ味が鋭いのか、それとも彼自身の技量故か。

なんという男だろう。

本当に騎士学校の一年生なのだろうか？

ローエとカティアにとって今回の討伐時間は個人的にはベスト記録だった。

一分以内で無駄のない素晴らしい狩りだったと誇れるほど。

なのにそれを容易く越えられた。

このゼクードという一年生は一分以内に三体も狩れるのか。

その事実に、心のどこかでショックを受けている自分がいた。

彼より年上で、先に騎士として経験を積み上げてきたプライドもあったのだろう。たった一年の差だが、そんなに浅いものなのだろうか？

心が痛かった。凄く締め付けられるような痛み。

「……もうドラゴンはいないみたいですね。お二人ともお疲れ様です。ケガなどは？」

「ええ、大丈夫ですわ」

「……問題ない」

ゼクードに応えながらローエとカティアは武器を納刀した。

「なら良かった」っとゼクードは笑い、そして胸を張って腕を組んできた。

「で、どうでした俺の実力は？　大したもんでしょう？」

「ええ本当に！　驚きましたわ！」

手のひらを返すようにローエはゼクードに言った。

どこか嬉しそうなローエにゼクードも満足そうに笑う。

「これで俺のこと隊長と認めてくれますね？」

「もちろんですわ。わたくしの隊長として、あなたは相応しい力を持っている方でしたわ。もう異議はありません。わたくしはあなたについて行きますわ」

胸に手を当てて一礼したローエだが、隣のカティアはどこか悔しそうに俯いたままだった。

「……カティアさん？　認めてくれますよね？」

「！　ぁ、ああ……そう、だな」

ゼクードに顔を覗き込まれ、カティアはバツが悪そうに顔を逸らした。


あれからカティアさんは一言も喋らなかった。

城門へ戻る道中。

俺の前を歩くカティアの背中はどこか暗く『声を掛けるなオーラ』さえ漂っていた。

おかげで俺のことを隊長として本当に認めてくれたのか問い詰められなかった。

困った俺は隣を歩くローエさんに小声で話しかけた。

「ローエさん。もしかしてカティアさん怒ってます？」

「そっとしておけばいいですわ。たぶん悔しくて心の整理がついていないんですのよ。彼女、筋金入りの負けず嫌いですから」

「なるほど……」

そして城門に着き、帰還したことを受付の騎士に告げて俺たちは解散した。

結局ずっと黙りっぱなしだったカティアさんは「お疲れ様でした」とだけ俺に言って城門内から出ていってしまった。

「カティアさん……」

「気にしなくていいですわ隊長。あなたはちゃんと実力を見せたのですから。なにも悪くありませんわよ」

「それはそうですけど……」

なんか嫌われた感が半端じゃない。

こんな別れ方されたら次に会うときはどんな顔をすればいいか分からなくなる。

「大丈夫ですわ隊長。彼女はちょっと時間が掛かるタイプなだけですわ。明日にはきっと謝りに来ますわよ」

「……ローエさんって、カティアさんのことよく知ってるんですか？」

「ええ。まぁ。腐れ縁ってヤツですわ」

なるほど、そう思った瞬間に目の前が真っ暗になった！

「いっ!?」

「だ〜れだ？」

この柔らかい喋り方は！

俺が間違えるはずがない。

目隠しの犯人は俺の学校の担任。

「フランベール先生ですね？」

「うん正解」

嬉しそうに言いながら俺の目を解放してくれた。

「あら先生。ご無沙汰いたしておりますわ」

「ええ。お久しぶりですローエさん」

ローエさんとフランベール先生が挨拶を交わした。どうやら面識があったみたいだ。

「ゼクードくんもお疲れ様」

「ありがとうございます先生。どうしてここへ？」

「グリータくんに聞いたの。あなたがローエさんとカティアさんに狩り勝負を挑まれてたって。だからここで待っていればすぐ会えると思ったの」

「なるほど」

「それでどうだったローエさん？　ゼクードくんは合格かな？」

「もちろんですわ。想像を絶する実力で、わたくし今もまだ身体がちょっと震えてるくらいですわ」

そんなに感動してくれてたんだ。

予想以上の感想に俺は心が踊った。

鍛えてて良かった本当に。

「それなら良かった。でもカティアさんはダメだったの？　さっきすれ違ったけど、凄く怖い顔してたから……」

「それがなんか――」

俺は成り行きをザッと説明する。

するとフランベール先生は苦笑した。

「あらあらそうだったの。きっとカティアさんショックだったんでしょうね」

「ショック？」

「うん。なんとなく分かるわ。わたしもゼクードくんに負けちゃった時は年上として教師として恥ずかしかったしショックだったもの」

フランベール先生の言葉にローエさんが目を丸くして俺を見る気配を見せた。

「でも大丈夫よ。カティアさんは今ちょっと心の整理をしているだけだから。ちゃんとあなたのことを隊長として認めてくれるはずよ」

ローエさんと同じことを言っている。

隣のローエさんもウンウンと頷いている。

女騎士同士で何か分かるものがあるようだ。

「それなら良いんですけど……というか俺が隊長じゃなくてフランベール先生が隊長ならこうはならなかったんじゃ？」

するとフランベール先生の顔が少し砂を噛むような表情になった。

「それはちょっとダメねぇ。他国の【ドラゴンキラー隊】と見比べると女子供で編成された部隊はここ【エルガンディ王国】のわたし達くらいだもの」

「え？　他国の【ドラゴンキラー隊】はそんな男ばっかなんですか？」

「そうよ？　覚醒する魔法や、身体能力的な意味でも女騎士は少ないし、やっぱり先入観で弱く見られてるし、ただでさえ四人中三人も女性なのに隊長まで女性にしちゃったら【エルガンディ王国】がどんな目で見られるか」

「なるほど」

一番年下の俺が隊長に選ばれた理由は強いだけじゃなかったのか。

そんな裏の事情もあったとは。

国ってのは面倒くさいものである。

それにしても他国の【ドラゴンキラー隊】は野郎ばっかとは。なんだろう。

俺……【エルガンディ王国】に生まれて心底よかったと思う。本当にそう思う。

ローエさん・カティアさん・フランベール先生ではなく、むさ苦しい年上の野郎どもの隊長など絶対に嫌だ。

「先生。ローエさん。俺この国に生まれて本当に良かったと思います。本当に」

「ん……うん？　どうしたの急に？」

「いえ、なんか急にそう思ったんです」

「ふふ、変な人ですわ」

「ねぇ？　ふふふ」

ローエさんとフランベール先生が笑い、俺も釣られて笑った。


「はぁ、いかんな……」

カティアはひとり呟いた。

自宅のベッドで横になり、夕陽が城壁に沈んでいくのをただ眺める。

さすがにゼクードに何も返事をせず帰ってしまったのは大人気なかった。

まだ大人と呼べる年齢でもないが、ゼクードは二つも年下の後輩だ。

やはりあの対応は大人気ないと言わざるを得ない。

強さに絶対的な価値観を置いている身としては、格上の相手を素直に認められないのはいくらなんでも幼稚と言う他ない。

「明日……謝りに行くか」

静かに決意して、彼の戦う姿をもう一度思い出した。

漆黒の鎧を纏い、銀の斬撃を無数に操るゼクード。

そんな彼に容易く蹂躙されるドラゴンたち。

やはり思い出すだけで心臓が高鳴る。

この高鳴りは……なんだ？

きっと彼に対して感じた圧倒的なまでの実力差ゆえの不安だと思う。超えられない不安が胸の高鳴りとなって表れたのだ。

努力だけで埋まる差ではないし、埋めさせる気すら起こさせない。

それほどまでに彼と自分の実力差を感じたのだ。

これはきっと彼が年下というのも原因なのだと思う。

同じ時間を鍛練してこの実力差なら、まだ希望は持てたのに。彼は二年も下だ。

敗北したのがローエだったならば、悔しさを糧にしてまた鍛練に励むまでだったはず。

【エルガンディ王国】にはもう自分より強い男なんて、それこそ父クロイツァーか、ローエの師であるセルディスくらいしかいないと思っていた。

それがまさか、あんな一年生の少年が私より強いとは。

思わぬ伏兵だった。

彼はどうやってあんなに強くなったんだろう？

何か、信念のようなものでもあるのだろうか？

普段なにをやっているのだろう？

気になってしょうがない。

彼の元で戦えば、私はもっと強くなれるだろうか？

ゼクードを超えられるだろうか？

いや『なれるだろうか』ではない。

ならねばならないのだ。

このままでは『女は男より強くなれない。それは歴史が証明している』という父の言葉に屈することになる。

それだけは絶対にあってはならない。

【S級騎士《ここ》】まで来たのだ。

諦めてなるものか。

七人いる妹たちに希望を持たせるためにも。

「ゼクード・フォルス……私は絶対にお前を超えてやる！」

滾らせた闘志の中でまたゼクードの姿を思い出す。

そしたらまた不思議と胸が高鳴った。

【エルガンディ王国】には自慢の大衆浴場がある。

ローエもいまそこに来ていた。

ここは良質な温泉として有名で、市民共有の大浴場として街に配置されている。

他の国では温泉は王族が独占しているらしい。

そう考えると【エルガンディ王国】の陛下は気前が良いと言えるだろう。

夜の大浴場は人が少ない。

だから物思いにふけるときはローエは決まってここに来ていた。

それは水浴びが好きというのもあったが、何より熱くなった頭を冷やし、リラックスしたいという気持ちの方が今は強かった。

下手な時間に来ると大勢の『普通の女性』と鉢合わせてリラックスどころではない。

ローエは装備や衣服を脱衣所で脱ぎ、女性の大浴場へ足を運んだ。

扉を開けると湯けむりにまみれた石造りの浴槽が見える。

やはり夜のせいか人は少ない。

これならゆっくりできると湯船に足を浸けた。

肩まで入り一息つく。

「はぁー……」

温かく気持ちいい温泉に溜め息が出た。

これは無意識に出るから困ったものだ。

「わたくしとしたことが……興奮が収まりませんわ」

小声で呟く。

ふくよかな胸に手を当ててローエは深呼吸した。

そして今日見たゼクードの戦う姿を思い出す。

すると心臓が高鳴った。

不思議とそれは心地良い高鳴りで、今まで感じたこともない暖かな気持ちになった。

「はぁ……カッコよかったですわ……凄く……」

脳裏に焼き付いて離れないゼクードの勇姿。

クラスメイトの男騎士にあれほど惹き付けられる実力者はいなかった。

男ばかりの騎士学校にいるからローエも何人かの男に求婚されたことはある。

しかしどの男も顔は微妙で、何より自分より弱いのがあまりにも受け付けなかった。

いつか子供を生むことを考えたら強い男性の子供を生みたい。それこそゼクードのような圧倒的に強い男性の子を。

「ゼクード……悪くないですわね」

あの歳であの完成度だ。そう言わざるを得ない。

自分もこの歳で【S級騎士】にまでなれたから、なかなかの天才だと自負していたのだが、やはり上には上がいる。

でもそれはそれでいい。

ローエの真の目的は何がなんでも【S級ドラゴン】を見つけて倒すことなのだから。

ゼクードさえ居れば【S級ドラゴン】を倒すことができる気がするのだ。

過去に【S級ドラゴン】の欠けた爪を手に入れた調合師が【秘薬】を作ったという話がある。

それはなんでも治せる万能薬らしい。

【秘薬】自体はもうないらしいが【S級ドラゴン】の爪さえ手に入れればまた【秘薬】を作れる可能性があるらしい。爪の質に左右されるから、上手く作れない可能性もあるとかなんとか。

とにかくその【秘薬】さえ手に入れれば、不治の病に倒れた妹を助けてやれる。

元々ローエはそれを理由に女の身で騎士になった。

幸いなことに……いや、女の身では不幸なのだが【攻撃魔法】を持って生まれたから女騎士になるのは容易だった。そもそも国の法律で【攻撃魔法】を持って生まれた者は男女問わず一度は騎士にならねばならない。

そして女騎士となったローエは妹を助けるため、いつか現れると思っていたS級ドラゴンを狩るために鍛錬に明け暮れた。執事のセルディスを師として、たった一人の妹を救うために。

あの子をベッドの上だけで過ごす生活から救ってあげたい。

【S級ドラゴン】の出現は王国にとっては厄災だがローエにとっては待ちに待った妹を救うチャンスなのだ。

そんな目的があるから【S級ドラゴン】を討伐するための【ドラゴンキラー隊】の話はローエにとっては好都合なものだった。

だから、そんな妹の人生が掛かっているとも言える部隊の隊長があんな年下の少年だと文句も言いたくなったのだ。

……けれど今はもう逆転している。

彼なら、ゼクード・フォルスなら隊長でいい。

名前の割には頼りない感じだったが、戦いが始まればそれは一転。

凄まじい剣の冴えを持ってドラゴンを駆逐していく。

そんな彼のギャップには女心をガッシリ掴まれた気がする。

比類なき最強の剣を振るう彼の姿は思い返すと胸がドキドキするほどカッコ良かった。

強い男性に心を惹かれるなんて、我ながら単純な乙女心だと呆れるが、安心できる男性の元で育児がしたいというのは女の本能だろう。

年下に興味などなかったが、どうせいつか嫁《とつ》ぐなら彼のような強い男性の方が良い。顔も悪くないし、話していて面白いところもある。

それに両親からも早めに相手を見つけて結婚しろと最近やたら言われている。孫を抱かせろとかいろいろうるさい。

それにゼクードほどの男なら両親に紹介してもまったく恥ずかしくないし――

「――っ！　て、何を考えてますのわたくしは！　まずはリーネの病を治すことが先決ですわ！」

目的を見失っている自分に気づいて、ローエは慌てて頬を叩いた。

とにかく明日ゼクードに会いに行こう。

そして妹のことを伝えて協力して欲しいことも伝えよう。

そう決意してまたゼクードに会えることを内心でワクワクさせた。

第二章 【超えられない壁】

ドンドンドンドン！

またか！

誰だよ！

またこんな早朝から俺の家に訪ねてくるなんて。

ローエさんか？ それなら許す。

「ゼクード隊長。起きているか？」

カティアさんの声だ！

ローエさんの言った通り本当に来た！

「ゼクード隊長！ 出て来てください！ お話がありますの！」

え!? ローエさんの声まで!?

まさか朝一にローエさんとカティアさんの美女コンビの声が聞けるとは。

叩き起こされた不快さは一気に消し飛んだ。

「はーい！ いま開けます！」

寝間着のままだったが俺は構わず玄関を開けた。

すると。

「「おはようございます隊長」」

名コンビになれそうなほど息ピッタリにローエさんとカティアさんが頭を下げてきた。

昨日もだがやはり敬語で、俺のことを隊長と呼んでいる。

昨日とはまるで別人になった二人に挨拶され、俺はくすぐったい気持ちと、どこか息苦しい気持ちに挟まれた。

「ぉ、おはようございます。どうしたんですか二人揃って」

「実は隊長に謝りたいことが――」

「実は隊長にお願いしたいことが――」

カティアとローエの声が見事に重なった。

二人は言葉を止めてギロッと睨み合う。

「ちょっとカティアさん黙っててくださる？　わたくしが先ですわ」

「お前が黙っていろ」

「いいえ。あなたがお黙りなさい」

おお……息をするようにケンカになっていく。

やっぱり仲はそんなに良くないのかな？

どうにも相容れない質《タチ》の二人なのかもしれない。

「まぁまぁケンカしないで。その……コインで決めたらどうです？」

「ではわたくしは表ですわ」

「いいだろう」

俺のコイントス案が採用されました。

するとローエさんが俺に手を差し出してきました。

「ん？　なんですか？」

「コインを貸してくださる？」

「あ、はい」

俺は家にあるゲーム用のコインを持って来て渡した。

そしてピーンと良い音を奏でながらローエさんがコインを弾いた。結果は。

「私の勝ちだな」

「ああんもぅ！　なんで裏なんですの！」

ローエさんが負けたみたいだ。

「ゼクード隊長。昨日の件ですが、何も言わずに帰ったことを謝ります。本当に申し訳ありません！」

素晴らしい敬語で話しながら、カティアさんは美しい角度で一礼してきた。

俺はそんなカティアさんに驚き目を丸くした。

「あなたを見くびっていた無礼を謝罪します。それから、私はもうあなたが隊長であることに異論はありません。あなたの部下として死力を尽くして戦う所存です」

正直、流石は三年生だなと思った。

自分の非を認め、自分より年下の人間に頭を下げる。

それが出来るというのはやはりそれだけカティアさんが精神的に大人の部分があるということなのだろう。

「いえ、こちらこそ。まだまだ若輩者ですが、よろしくお願い致します」

俺も失礼のないよう精一杯の敬語で話す。

しかしどうにもやりにくい。

規律正しい部隊なのは良いかもしれないが、この空気はダメだ。やはりここは。

「顔を上げてくださいカティアさん。それと出来れば、ローエさんもカティアさんも、俺に敬語じゃなくて今まで通りの喋り方で接してほしいんですが……」

「わかりましたわ」

「わかった」

あれ？

「その命令は助かりますわ。年下相手に敬語を使うのってかなりしんどいですもの」

「そうだな。隊長の御言葉に甘えさせてもらおう」

切り替え早いな。えげつない速度だよ。

まぁいいか。

この方が二人の個性も死なずに済むし、何より素のローエさんとカティアさんを見ていられるのは個人的に嬉しい。

部隊的にはあまりよろしくないのかもしれないが。

「おーいゼクードくーん」

また別の声が実家の周辺に響く。

おいおい朝から来客多いな。

今度はフランベール先生だ。

声のした方へ視線を向けると、そこにはやはり青い鎧と大弓を装備したフランベール先生がこちらに向かって歩いて来ていた。

クリーム色の長髪が相変わらず美しい。

「あらローエさんにカティアさん。おはよう」

「「おはようございます先生」」

ローエさん・カティアさん・フランベール先生が朝の挨拶を交わす。

おお、よく考えたら【ドラゴンキラー隊】集合じゃんこれ。

美人三人が揃うとやはり絶景だ。

これが俺の部隊だと思うとそのへんの野郎どもに絶大な優越感を感じる。自慢したいくらいだ。

特にグリータに自慢したいな。

「ゼクードくんもおはよう」

「おはようございます先生」

「ゼクードくんだけじゃなくて二人もいて良かったわぁ。後で呼びに行くつもりだったから」

ニコニコなフランベール先生が手を揃えて言った。

「何かあったんですの？」

ローエさんが聞くとフランベール先生は頷く。

「うん。実はね、狩猟区にドラゴンの群れが現れたそうなの。部隊練度向上のために陛下からわたしたちに出撃命令が出たわ」

ドラゴンが群れを？　珍しいな。

奴らが群れを成してる時は決まって碌なことがないと聞くが。

「ちょうどいいな。【ドラゴンキラー隊】の初陣だ」

たしかにカティアさんの言うとおりだ。

今後の連携強化のためにもなる。

朝から面倒だけど、そこは美女三人をつれて狩りにいけると思って割り切ることにしよう。

「よーし！　ならみんなで城門へ……あ、ローエさんの用事はなんですか？」

「ああいえ……後日でいいですわ。今は陛下のご命令を優先しましょう」

「そうですか？　じゃあみなさんちょっと待っててください。装備を整えてきます」

『竜と剣の紋章』が初めて四つ揃った。

【ドラゴンキラー隊】の集結だ。

俺は武器と防具を装備し、年上の部下を連れて城壁にある城門へ向かった。

受付の騎士に話を済ませ城門を潜り城壁の外へ出る。

いよいよ【ドラゴンキラー隊】の初陣。

「目的の狩猟区まで走ります！」

「了解ですわ」「了解だ」「了解よ」

ローエさん・カティアさん・フランベール先生が俺の号令に揃って応えた。

年上の女性三人を従えているという妙な男の全能感を感じる。

気合いが上がり続ける俺はA級ドラゴンがいる草原まで一気に駆けた。

そこで俺はさらに驚いた。

後ろのローエさん達が俺の速度にちゃんとついてくるのだ。

バカにしていたわけじゃないが、これはいい。

部隊の移動速度が快適なまでにスムーズだ。

これがいつものグリータやクラスメイト達だったならば、かなり俺も速度を落としていただろう。

あいつらはそこまで足が速くないからだ。

速くないはずなのに逃げ足だけは速い。不思議なものである。

C級騎士なのにA級ドラゴンを相手に俺が来るまで平気で逃げ回るんだ。生存率だけなら俺たちＳ級騎士に匹敵するだろう。

広大な草原では【エルガンディ王国】の騎士たちが先にドラゴンの群れと戦っていた。

どうやら朝番の部隊のようだ。

国王さま直々の出撃命令だから、てっきり俺たちだけかと思ったがそうでもなかったようだ。

まぁさすがにこんな王国の近辺にこれだけのドラゴンが現れたら迎撃するのは当たり前か。

彼らは普通に優勢で、Ｂ級ドラゴンの【ドラゴンマン】や、Ｃ級ドラゴンの【ドラゴンベビー】などの雑魚はあらかた倒されている。それでもまだ数匹いるが、特に問題になる数ではない。

残りのＡ級ドラゴンも十匹を切ろうとしていた。

味方に倒れている者は見当たらないし、重傷者はいない。

さすがである。

しかし妙だ。

ドラゴンマンやドラゴンベビーを従えてるのは分かる。

でもＡ級ドラゴン同士がこうも頭数を揃えてくるのは珍しい。

ドラゴンは基本的に同レベルの相手と群れなんて成さない習性がある。

番《つがい》なら分かるのだが、それにしては数が多すぎる。

まさか裏にS級ドラゴンが絡んでいる?

コイツらはドラゴン側の偵察部隊という可能性もあるかもしれない。だとしたら全員生きて返すわけにはいかないいな。

「凄い数ね。でも劣勢というわけでもないみたい」

フランベール先生が安堵した声で言った。

「どうしますの隊長?」

ハンマーを肩に乗せたローエさんが俺に聞く。

「一匹も逃したくない。俺たちは裏に回ろう。挟撃する」

「「了解」」

俺たちは素早く移動を開始し、ドラゴンたちに気づかれずに背後を取った。

「仕掛ける!　一匹も逃がすな!」

「了解!　先に仕掛けるね!」

攻撃を仕掛けたのはやはり弓使いのフランベール先生。

彼女は背中の大弓を展開した。

次いで【蒼騎士《ブルーナイト》】たる氷魔法にて『氷の矢』を形成し、それを大弓につがえた。

先生お得意の『アイスアロー』である。

フランベール先生は基本は『弓使い』だが、他の武器でも戦えるらしい。さすがは騎士学校の先生と言えるだろう。

魔法で形成された氷柱《つらら》のような大矢には弾切れという概念はない。

魔法で飛ばすより弓で射った方が狙いが正確で使いやすいとのこと。

現にそれは正しく、フランベール先生が大弓で放った『アイスアロー』は曲線を描《えが》いて数十メートルほど先にいるドラゴンマンとドラゴンベビー達に命中した。それも立て続けに何発も。

まるで外す気配がない。

A級ドラゴンより的が小さいのに一発も外さず頭をぶち抜いている。この距離でこの精度はさすがとしか言い様がなかった。

俺とローエさんとカティアさんが前線にたどり着いた頃には雑魚は一掃されており、A級ドラゴンに集中できる戦場となっていた。

相変わらず凄まじい支援能力だ。

開戦後もフランベール先生の正確無比の狙撃は驚異的だった。

弓使いの難題は味方への誤射だが、フランベール先生にはそんなもの難題にもならなかった。

味方が動き回る戦場で次々と氷の矢を敵だけに当てていく。

味方に当たらないギリギリの支援を余裕でこなしていくのだ。

並の弓使いなら射つのをためらう場面でも容赦なく射ち込んでいく。

しかもA級ドラゴンの目に当てて視力を奪って弱体化してくれるのだ。

さすがの俺でもフランベール先生の狙撃は真似できない。

フランベール先生は狙撃の天才だ。

これは間違いないだろう。


そして狩りは問題なく進み、残りはA級ドラゴン二匹のみとなった。

俺は加速に加速を重ねて片方のA級ドラゴンへ肉薄する。

刹那、A級ドラゴンが火球を発射。

それを軽く見切っていた俺は火球を一刀両断！

さらに俺は加速し、剣の届く距離へ。

目前のA級ドラゴンに親父直伝の『竜《ドラゴン》斬《ぎ》り』を放った。

竜鱗と竜骨を容易く両断する『銀の斬撃』がドラゴンの胴体を真っ二つにした。

親父が対ドラゴン戦用に発明したと言われている対竜剣技。

これを修得した俺に断てぬドラゴンはない。

カチンとロングブレードを鞘に納めた。

そしてA級ドラゴンの片割れを任せたローエさんとカティアさんを見た。

意外にも二人の戦いは連携が取れていた。

ローエさんが突っ込み、彼女に向かってドラゴンが火球を放つがそれをカティアさんが大盾で見事に防ぐ。

果たしてカティアさんは屈んで、ローエさんがそのままカティアさんの肩を蹴って跳躍する。

落下の威力を上乗せし、ハンマーによる大打撃をドラゴンの頭部にお見舞いした。

バコォンと轟音を立ててドラゴンの顔が地面にめり込んだ。

そのめり込んだ頭部にカティアさんがトドメの突き刺し。

思わず見惚れるほどの見事な連携攻撃だ。

ローエさんとカティアさんはどうやら過去に何度か共闘した経験が有るみたいだ。

でなければ一回や二回の共闘であそこまで洗練された連携攻撃などできるはずもない。

よほど相手の事を知り、信頼してなければ成せないものだ。

普段こそ仲は悪いが、狩りでの相性は良いらしい。

見事な連携過ぎてフランベール先生が暇になっているほど。

ふーむ、個々の能力は高いのだが部隊としてはやはりまだまだなのだろうか？

そもそも俺も一人で戦ってたら部隊の意味がないな。

みんなの能力を活かした効率的な戦い方を模索しないといけないな。いつか来るS級ドラゴン戦のためにも。


早朝の草原でのドラゴンの掃討が終わった。

味方に被害はなく、今回の狩りは完璧だったと言えるだろう。

少なくとも私——カティアはそう思っている。

問題があったとすれば【ドラゴンキラー隊】の役割分担がまるで出来てないところだ。ローエとの連携など数をこなしてるのでやりやすいが、フランベール先生とゼクード隊長はそうもいかない。

いや、フランベール先生は最初から最後まで的確な援護をしてくれていた。

前線で動き回る自分達に当てないようギリギリを狙って鋭い援護射撃を放っていたのには正直驚かされた。

さすがは【エルガンディ王国】で初の女のS級騎士になった方だ。

「お疲れ様ローエさんカティアさん。二人ともさすがだわ」

展開していた大弓を背に納めてフランベール先生が言ってきた。

するとローエが自慢らしい金髪を撫でて揺らす。

「ふふん、あれくらい当然ですわ。フランベール先生こそ素晴らしい支援でしたわ。カティアさんにも見習ってほしいくらいですもの」

「馬鹿者が。この程度で調子に乗るな。ゼクードの動きを見てなかったのか？　あいつに比べれば我々などまだまだ鍛練不足だ」

私はゼクードが倒したドラゴンの亡骸を指して言う。

その亡骸は胴体を真っ二つにされて息絶えている。

「どうやったらこんな簡単に竜鱗と竜骨を断ち切れるんだ……」

私は切り口を眺めながら呟く。

この切れ味はまるで……自分の父クロイツァーが使っているあの剣技のようだ。

「あ、ゼクードくんのあれは【竜斬《ドラゴンぎ》り】っていう剣技なの」

フランベール先生が突然そんなことを思い出して口にしてきた。

「【竜斬り】!?」

私は思わず声に出して驚愕してしまった。

自分の父クロイツァーもあの【竜斬り】を使っている。

【エルガンディ王国】でこの【竜斬り】を扱える騎士なんてそれこそ現在では二人しかいない。

【ルージ領の領主クロイツァー】と【マクシア領の執事セルディス】。

二人とも数少ないベテランS級騎士で、単騎でS級ドラゴンを狩れる本物の実力者でもある。

そんなトップクラスの騎士しか修得できていない剣技を、あのゼクードは修得しているのか!?

「【竜斬り】と言えばセルディスを思い出しますわね。もしかしてゼクードの場合は十年前の……」

ローエが言うとフランベール先生は頷く。

「うん。【ディザスタードラゴン】を撃退したこの国の『英雄フォレッド』の剣技よ。ゼクードくんはあの剣技を使ってるの。ブレードが銀色に光ってる時があるでしょう？　あれがそうなの」

フランベール先生の言葉を聞いてカティアは思い出す。

英雄フォレッドのフルネームは確か、

『フォレッド・フォルス』だったはず！

「まさか……ゼクードは……英雄フォレッドの息子⁉」

今さらながら気づいて私はゼクードの姿を探した。

当のゼクードは王国騎士たちと何やら雑談している。

「やっぱ強いな君は。さすが【英雄の息子】さんだね」

「ありがとうございます」

「なぁなぁ、今度オレにも【竜斬り】のやり方教えてくれよ。ぜんぜん分からなくてさ」

「いえ、俺もまだ未完成なとこあるんですよ」

「えーホントかよ。あれでかい？」

「はい。父の【竜斬り】は俺みたいな『銀の斬撃』じゃなくて『黄金の斬撃』だったんです。

だからまだ『気』の練りが足りないんだろうなって思ってます」

「あー聞いたことあるなその『気』ってやつ」

重装備の屈強な騎士たちに囲まれ絶賛されている我が隊長。意外と嬉しそうである。

「家名が同じですわね。わたくしとしたことが……今さら気づきましたわ」

「道理で強いわけだ。英雄である父親に剣を習ったのならあの強さにも納得がいく」

それにゼクードの家は平民にしては木造ではなく石造りの立派な家だった。

父があの英雄フォレッドなら【フォルス家】は元は領地持ちの貴族だったはず。

なるほど。いろいろ繋がってきた。

「……でもカティアさん。今から十年前ならゼクードはまだ五歳ですわよ？」

「！」

そうだった。

確か英雄フォレッドはその【ディザスタードラゴン】と相討ちになり帰還しなかったはず。

ゼクードをまともに鍛えていたとは考えにくい。

だとすれば、あいつはどうやってあんなに強く？

あの剣技が記された秘伝書か何かがあるのだろうか？

「あと、ゼクードには母親もいないのかしら？」

ローエが不意にそんなことを言ってきた。

私は怪訝な顔で「なぜそう思うんだ？」と聞いた。

「わたくし二度も隊長の家に訪問してますが、一度も母親が出てきませんでしたわ。あんな早朝なのに」

たしかに。

自分が訪問した時も出てきたのはゼクード本人だった。

まさか父だけでなく母もいないのか？

私とローエは答えを聞くようにフランベール先生の方へ視線を向けた。

するとフランベール先生は困った様な顔をする。

「そこは深入りしない方がいいわ二人とも。あの子にも聞かれたくない事だってあるでしょう」

「……そうですわね」

「……そうですね」

フランベール先生の言うとおりか。

不用意に首を突っ込むところではないな。

「二人ともできるだけで良いからゼクードくんには優しくしてあげてね」

両親がいないゼクードを思っての言葉だったのだろう。

フランベール先生はそう言った。

「もちろんですわ」

「了解です」

優しく、か。

あの歳で両親がいないのならば、多少の配慮はしてやるべきか。

しかし、どうしてやればいいのだろう？

両親の事には踏み込まないとして、どうやってあんなに強くなったのかを聞いてみたい。

優しくしながら強さの秘訣を聞き出すにはどうすれば……

そうだ！

コンコン……

それは本日二度目の自宅の玄関が叩かれる音だった。

もう陽が沈みかけている時刻に誰だろう？

かなり優しいノックだったしフランベール先生だろうか？

「はい？　どちら様ですか？」

「カティア・ルージだ」

まさかのカティアさんだった。

どうしたんだろうこんな時間に。

配給食を取りに行こうと思っていたんだが。

あ、せっかくだしカティアさんも誘おうかな？

そんな下心を沸き立たせながら俺は玄関を開く。

すると未だに鎧を装備したまんまのカティアさんがそこにいた。

これには俺もびっくりである。

「こんばんはカティアさん。どうしたんですかこんな時間に？」

するとカティアさんは片手に持ったバスケットを前に差し出してきた。

「お前と話がしたくてな。夜食はまだか？」

「え？　ええ。これからですが……」

「なら良かった。今晩は私が料理を振る舞うから付き合ってくれないか？」

「よろこんで！」

まさかのカティアさんからのディナーの誘いだった。

しかしこれはある種のマナーだったりする。

どうしても話したい相手がいる場合、その相手に料理を振る舞うことで時間を頂くことを良しとしてもらう。

カティアさんはそこまでして俺と何かを話したいようだ。　いったいなんだろう？


初めて女性を家に入れた俺はカティアさんに調理場をお貸しした。

そこからは意外性の連続だった。

カティアさんは布に包まれたドラゴンの肉を取り出し、木製まな板に乗せてナイフで綺麗に切っていった。

動作に無駄がなく、また切り方も丁寧だった。

食べやすい大きさに切った肉にカティアさんは、その肉に自前のオリーブン油《ゆ》を塗り始めた。

同じく自前の調味料であるスパイース粉《こ》をささっと振りかけていく。

凄い手際の良さだ。

もしかして普段から料理をしているのだろうか？

そんな俺の疑問は露知らず、カティアさんはフライパンを壁から取り、肉を置いて焼き始めた。

フライパンを揺らして肉を逆転させるカティアさんは料理の達人に見えた。

やはり彼女は普段から料理をしているのかもしれない。

でなければこうもテキパキとなんて出来ないはずだ。

意外だ。カティアさんがこんなにも料理上手だなんて。

こんな美人で料理上手な人を奥さんに迎えられたら、きっと幸せだろうな。

「カティアさん。料理手慣れてますね」

「妹がたくさんいるからな」

「え、妹さんがいらっしゃるんですか！」

「手を出したら殺すぞ」

「あ、はい……」


肉を焼き終えた私は真っ二つにした丸いパンを用意し、それに焼いた肉を挟んだ。

レタースという野菜を添えて完成。

その名も『ドラゴンバーガー』。

噛めば竜肉から香ばしい肉汁が溢れ、硬いパンがその肉汁を吸って柔らかくなり美味しくなる。

下ごしらえのオリーブン油とスパイース粉が香りを豊かにし、肉の味を引き立てる。添えたレタースは柔らかい肉とパンにシャキシャキの食感を加えてくれるいいアクセントになっている。

それをゼクードは美味しく頂いた。

「う、美味い！　美味いですよカティアさん！」

満面の笑みを見せながらゼクードは『ドラゴンバーガー』を食べていく。

なかなか笑顔は可愛らしいな、と私は思った。

「ふふ……おかわりならある。ドンドン食え」

「ありがとうございます！」

さすが食べ盛りの十五歳。

妹達より遥かに勢いよく食べる。さすが男の子だ。

バンズも多めに持ってきて良かった。

喜んで食べていくゼクードを見ると、昔の妹達を思い出す。可愛かった妹たちは、今では自分で料理できるようになって、手が掛からなくなってきた。

いろいろ面倒を見てきた姉としては楽にはなったのだが、正直つまらなく、寂しくもあった。

でもやはり料理を喜んでくれるゼクードを見ると、誰かのために料理をするというのは楽しいし、嬉しいものだ。

やりがいを感じる。

それに見たところやはり両親はいないようだし、一つ提案してみるか。

「どうだゼクード。良ければ今後、夜食の支度は私がしてやってもいいぞ」

「え!? いや、それは嬉しいですけどさすがに悪いですよ」

「構わん。どうせ妹たちの手が離れてつまらなくなってたところだ。新しくできた弟の面倒を見るつもりでやってやる」

「それって……毎日やってくれるってことですか？」

「嫌か？」

「とんでもない！ ただこれカティアさんになんのメリットもないっていうか、面倒しかないっていうか……」

「メリットならある」

「え？」

そう、メリットはこうしてゼクードと会話する機会を増やし、強さの秘訣を探れるところだ。

「お前とこうして毎日会えるだろう？」

「え……」

言われたゼクードが目を丸くした。

当の私も少ししてから自分が何を言ったのかに気づき顔を赤くした。

「あ、ちが、違うぞ！ お前とたくさん会いたいわけじゃなくてだな！ その……強さの秘訣を聞きたいんだ！」

「え、秘訣？」

「そうだ！　お前の歳であれほどの完成度はおかしい！　いったい普段は何をしているんだ！」

「何をって言われても……学校行って、放課後は友達と一緒に狩りに行ってるだけですけど」

「その日常の合間に何かやっていないのか？」

「そんな特には。でも狩りはいつも全力でやってますよ？　一回一回の狩りの経験は大切ですからね」

「あ、朝の鍛錬などは？」

「俺、朝弱いんで……」

そんな馬鹿な。

でも確かにコイツは朝の鍛錬などをやっている気配もなかった。

家に初めて訪問したときゼクードは寝間着のままだったし。それが証拠だろう。

「では【竜斬り】は？　あれはどうやって修得したんだ？」

「あれは父に教わったんですよ」

「え？　いや、しかし、お前の父は十年前に……」

踏み込まないと決めていた領域での話。

思わず私は先の言葉を躊躇《ためら》った。

「ああ、俺の父の事をご存知なんですか」

「……すまん。思い出させるつもりはなかったんだが……」

「いえ、大丈夫ですよ。俺が父に剣を教わり始めたのは四歳からなんです」

「よ……四歳⁉　いくらなんでも無理があるだろう！　四歳なんて……私は記憶すらないぞ⁉」

「俺にはあったんですよ。父が剣を教えてくれる時に言った言葉もハッキリ覚えています」

「言葉？」

ゼクードは頷く。

「『いいかゼクード。女にモテたければとにかく強くなれ。男はな、弱いとダサいと言われる。だが強くてダサいと言われることはまずない！』って」

四歳児に何を吹き込んどるんだこの英雄は。

「俺、その父の言葉を信じて剣の腕を磨きました。モテる妄想をしながら鍛錬してたらいつの間にか『竜斬り』ができるようになったんです」

「意味がわからん」

「え、わかりません⁉」

「わかるか！　そんな不純な動機で英雄の『竜斬り』を修得できてたまるか！　片腹痛いわ！」

「でも俺修得できてますし～」

「……っ」

くそ。こいつもしかして天才なのか？

英雄の息子なら有り得ん話ではないが。

それにしたって動機が酷すぎる。

「まったく。お前……本当に女にモテたいだけなのか？」

「はい。俺ずっと一人だったんで……いつか大家族を築いてみたいんですよ」

「大家族？」

「お嫁さんを三人ほどもらって、そのお嫁さんたちに子供を三人生んでもらおうと思って」

「……ほう？　つまり私の実家のようにしたいというワケか。物好きな奴だな」

「え？　カティアさんの実家はそうなんですか？」

「ああ。一夫多妻だ。私の母は四人いる。妹も七人だ。私を含めると子供は八人だな」

「スゲェ。俺もいつかそれくらい大きな家族を持ちたいなぁ」

「お前ならできるさ。もう一五なのだろう？　だったら結婚して子供を持つだけなら今からでも大丈夫だ。さっさとめぼしい女でも捕まえておくんだな」

【エルガンディ王国】の民は一五歳で結婚して家庭を持つことを許されている。特に珍しいことでもない。

だからカティアのクラスメイトにはすでに許嫁《いいなずけ》や幼馴染と結婚して子供を持っている奴も何人かいる。

もちろん男性だらけの騎士学校だから私も何人かの男に求婚されたことがある。

こんな自分を狙ってくる物好きな男たちだったが、全て断った。

いや、断ったというよりカティアが出す条件をその男たちが達成できなかった、というのが正しい。

出した条件は単純に自分に【一騎打ち】で勝つことなのだが、どの男も私の強さに手も足も出なかった。

騎士をやっているせいか、自分より弱い男はどうにも受け付けない。だから今もこうして独身でいる。だがそこにゼクードという圧倒的な男が現れたわけだが……やはり男はズルい生き物だ。

こんな卑猥な志でここまで強くなれるのだから。

やはり男はズルい。

私が【S級騎士】になるまでどれほどこの女の身体に苦労したか。

鍛えても鍛えても男の数倍努力せねばあっさり抜かれるのが女の身体だ。

性別による身体能力の差を埋めるのに、どれだけ……。

いや、やめよう。

別にゼクードが悪いわけじゃない。

彼を責めたり、僻《ひが》んだりするのは御門違いというものだ。そんな無益なことをするより、ゼクードに【竜斬り】を教わった方がよほど有益だ。

「でしたらカティアさん！　俺と結婚しませんか！　俺の一人目の妻になってください！」

こいつ本気か？

こんな私と結婚など。

いや、しかし、ゼクードほどの男なら悪くはないが。

「……まぁ、お前ほどの男なら結婚を考えてやらんこともない」

「え!?　ほ、本当ですか!?」

「ただし条件がある」

「条件？」

「私に【一騎打ち】で勝つこと。そして私以外の女を娶《めと》るなら……」

「め……娶るなら？」

「……いや、それはいい。【一騎打ち】が条件だ」

「え……それだけでいいんですか？」

「ああ。女に二言はない」

あのゼクードがこれでもかと驚いている。

それも無理はないだろう。

ゼクードは明らかに私より強い。

ゼクードも言葉にはしないがそれは分かっているんだろう。だから驚いている。私が勝ち目のない【一騎打ち】を条件にしてきたことが。

私の今の実力ではゼクードの足元にも及ばないだろう。

それが分からないほど私も馬鹿ではない。

しかしこれまで散々他の男に出してきた条件をゼクードだけ別にしたらそれは不公平というものだ。

【一騎打ち】で負けたら潔く彼の妻になろう。

ゼクードほどの将来性のある男に嫁げるのは、それはそれで女としては名誉なことだろうしな。

彼なら父上も文句はあるまい。まぁ文句があっても聞く気はないが。

それに、なにより……ゼクードの側にいれば自分はもっと強くなれる気がするのだ。

ゼクードが得意としているあの剣技も覚えたい。

「それならカティアさん。俺との【一騎打ち】受けてください」

「いいだろう。【一騎打ち】は明日の午後。【ルージ領】の練騎場でいいか？」

「はい。問題ありません。よろしくお願いします」

「ああ」

おそらく負けるだろうが、ゼクードと戦えるのは貴重な経験になるはずだ。

ただやられる訳にはいかない。

必ず何かを盗んで見せる。

「……それとゼクード。頼みがある」

「なんですか？」

「私に【竜斬り《ドラゴンぎ》】を教えてくれ」

「っ！　【竜斬り】……ですか」

「私はもっと強くなりたいんだ。だから頼む」

「それはもちろん。いつかカティアさん達にも教えようとは思ってたんですけど……んー……」

ゼクードがどうにも困っているようだった。

何か問題があるのだろうか？

「……なんだ？　女の私では無理だと言うのか？」

「いえ、女とか男とかそんなんじゃなくて……どうやって教えればいいかがまだ分からないんです」

「なに？」

「【竜斬り】は簡単に言うと引き出した『気』を武器に纏わせてぶった斬る技なんですけど……その一番大事な『気』を引き出す方法を教えるのが難しくて。言葉にしづらいって言うか……」

「お前はどうやったんだ？」

「俺はあれです。モテる妄想をしながら鍛錬してたらいつの間にか『気』を引き出せてたんですよ」

モテるってまたそれか！

「お前……真面目にやれ！」

「いや！　本当ですよ!?　俺あの動機が一番しっくり来るし、一番やる気が出るんですよ。だから『気』を引き出せたんだと思います」

……正直だなコイツは。

そういう所は好感が持てるが内容が酷い。

女にモテる。たったそれだけとは。

まぁ【大家族】を持つのが夢だからモテる必要があるっていうのは分かるんだが……

「もっとマシな理由はないのか？　父の仇を討ちたいとか」

「え？　いえ、だってもう仇のディザスタードラゴンは死んでますし……」

「じゃあ何かを守りたいとかは？」

「あー……グリータ……友達を守りたい気持ちならあります」

「……それを聞けて安心した」

なんとなく分かった。

今のゼクードは空っぽなんだ。

だから家族が欲しいんだろう。

守るべきものを手にしたら、コイツはもっと強くなるのだろうか？

何もない今でもこんなに強いのに……末恐ろしいな。

「はは……なんか、すみません……」

「いい。今日はもう帰る。疲れた」

「あ……はい」

私はイスから立ち上がり玄関の方へ向かう。

ゼクードも見送りについてくる。

玄関を開けて外へ出るとカティアは止まった。

「そう言えばゼクード」

「はい？」

「明日は何が食べたい？」

「え⁉　また来てくれるんですか⁉」

「構わんと言っただろう？　なぜだ？」

「いえ、何かすごく呆れられてた感じだったので……嫌われたかと……」

「それはそれ。これはこれだ」

「ほ、本当にいいんですか？　甘えちゃいますよ俺？」

「だから構わんと言っている。年下のくせに遠慮するな。それくらい甘えさせてやる」

年上の私としては彼の可愛い笑顔がまた見たいという気持ちがあった。

明日また「美味い」と笑顔で言ってもらえればそれでいい。料理はやはり作る相手がいると
やりがいも段違いだから。

「ありがとうございますカティアさん！」

「ふん。その代わり【竜斬り】も頼むぞ」

「はい！　あの……【一騎打ち】も……」

「心配するな。約束は守る」

「良かった……」

「子供も三人だったな？　しっかり生んでやるから任せておけ」

「え、こ、子供も!?　そんなすぐ良いんですか!?」

「そんなに驚くことか？　結婚するなら当たり前だろう？」

「そ、そうですよね……いや、ちょっとビックリしたっていうか……」

「お前な……大家族の大黒柱を目指しているんだろう？　もう少ししっかりしろ」

「……！　はい！」

「いい返事だ。【竜斬り】も頼むぞ」

「わかりました。鍛錬法を考えておきます」

ゼクードに見送られた私は街中を歩いた。

その道中でイチャイチャしながら歩く若い男女とすれ違った。

その二人の会話が私の耳に入る。

「見て。あの女、鎧を着てるわ。異端者よ。気持ち悪～い」

「お、おい……聞こえるぞ」

「近づいたら異端が感染《うつ》るわよ」

「やめろって」

……ちっ。戦えもしない雑魚女が。踊り子でもやっていろ。

【攻撃魔法】を持つ女性は極めて少ない事から差別の対象にされている。

主に女から。

女の敵は女……とはよく言ったものだ。

あぁ……やはりゼクードに二つ目の条件として言っておくべきだったか？

複数の女を娶《めと》るなら私と同じ【攻撃魔法】を持つ女性を娶ってほしい、と。

だがそれだと残りの嫁候補はローエやフランベール先生だけになってしまう。それくらい数は少ない。

あと私の妹たちか。

あんまりゼクードの選択肢を縛りたくないが、これはせめて伝えておくべきだったかもしれない。

やれやれ……

良い意味でとんでもない夜だった。

カティアさんという美人と結婚の約束もできた。

【一騎打ち】に勝ったらという条件付きだが問題ない。

子供も俺の望む三人を生んでくれるとのこと。

これを逃す手はない。必ず勝利せねば。

今の俺とカティアさんの間に愛はないだろう。

【エルガンディ王国】で男女の愛というのは結婚してから育まれるものだと言われている。

結婚しても長続きしなかった夫婦はこの愛がしっかり育まれなかったせいだと言われるのだ。

だから俺もカティアさんと結婚してからが本番だと考えた方がいいだろう。

上手くいくかどうかは結婚後にこそ掛かっている。

さて、まず目先の問題は【竜斬り】の方だ。

どうやって教えてあげればいいのか。

鍛錬法って言ったって、俺のやった『妄想鍛錬』しか思いつかない。

身体の奥から『気』を引き出す……一見簡単そうだが、実はまったくそうでもない。

これができる騎士は【親父フォレッド】と【ルージ領の領主クロイツァー様】と【マクシア領の執事セルディス様】だけで、俺を含めれば王国でたったの四人しかいない。

言語化が難しく、教えるのが困難なのもあり、まだ広く普及していないのだ。

どうしたもんか。はて。

コンコンコン……

んん？

今度は誰だ？
俺は目を開けると、窓から陽射しが。
「あれ!?　もう朝になってる！」
俺ってばいつの間に寝たんだ!?
ぜんっぜん寝た気がしないんだが！
コンコンコンコン！
玄関のノックが強くなった。
なんかS級騎士になってから毎朝ノックされてる気がする。
今日は誰だ？
ローエさんかな？
それにしては優しいノックだったが。
「ゼクード？　起きてます？　ローエ・マクシアですわ」
ホントにローエさんだった。
今日はどうしたんだ？
「はーい」と応えて俺はベッドから降りた。
いつ寝たのかすら分からない身体はやたら重くて気だるい。
それでもローエさんを待たせまいと玄関を開けた。
するとそこには相変わらず緑の鎧とハンマーを装備したローエさんが立っていた。

「おはようございます。ゼクード隊長」

目が覚める美しい笑顔での出迎えだった。

やはりローエさんは純粋に綺麗だ。

「おはようございますローエさん。今日はどうしたんですか？」

「ええ。わたくしパンを焼きましたの。あなたにも食べてもおうと思って持ってきましたわ。ちゃんと朝食を取ってますの？」

今度はローエさんが俺にパンを焼いてくれた。

なにこれ怖い。もうすぐ死ぬのかな俺。

良いことが起こりすぎだ。

「いえ朝食はいつも食べたり食べなかったり、ですね」

「やっぱりそうなんですのね。朝食を疎かにすると身体に悪いですわ。はいこれ」

渡されたのは上等な白パンだった。

焼きたてで暖かく、香りも豊かだ。

これがローエさんの手作りパンとは凄い。

配給のパンにも負けないレベルだ。

「ありがとうございます！」

「ふふ、良くってよ。あとこれも」

もう一つ渡されたのは小さな瓶。

中には黄色みのある固形物が入っている。

「これミルキーバターじゃないですか！　こんな贅沢な物を頂くのはさすがに……」

「遠慮はいりませんわ。国に出荷する分で少し余ったんですの。最近多めに乳が出たんですわ」

「乳……」

俺は思わずローエさんの豊満な胸の膨らみを見た。

たしかに栄養満点な乳が出そうだ。

「どこ見てますの！」

ゴン！

「あ痛い！」

まさかの脳天チョップ。頭割れそう。

「わたくしの乳ではありませんわ！　赤ちゃんもいないのに出るわけないでしょう！」

「で、ですよね～」

顔を真っ赤にして怒るローエさん。

歳上なのにカワイイがチョップの威力は本物だった。

「まったくもう……」

頬を赤くしたままローエは俺の家の中を一瞥した。

なんだろ？

何か気になるのかな？

「……ところでゼクード」

「なんでしょ？」

「これからわたくしが毎朝パンを焼いて差し上げますわ」

「え!?」

毎朝!?

カティアさんどころかローエさんまで。

「ま、毎朝って、毎日持ってきてくれるんですか？」

「ええ。わたくしパンを焼くのは得意なんですの。これから毎日しっかり朝食を食べて体調を万全に整えておくのですわよ？　明日はハチミツを持ってきて差し上げますわ」

「そ、そんな……さすがに悪いですよ」

嬉しいんだけど、毎日ってぜったいにローエさんが面倒だと思う。

カティアさんと違ってローエさんにはなんのメリットもないし。

「遠慮なさらないで。なんなら夜食もわたくしが振る舞って差し上げましてよ」

「え!?　ローエさん料理できるんですか!?」

「失礼ですわね！　よく言われますができますわよ！　妹にほぼ毎日作ってあげてますわ」

カティアさんと同じだ。

「へぇ、ローエさんにも妹さんがいるんですね。カティアさんと同じだ」

「あら？　彼女の事を聞いたんですの？」

「ええ。実は昨日カティアさんが夜食を作ってくれたんですよ」

「んま！　あのツンツンが？」

ツンツン……

「はい。カティアさんも料理上手でビックリしましたよ」

「なんであなたの家に彼女が来たんですの？」

「実は俺の強さの秘訣を教えてくれって頼まれまして」

「あぁ彼女らしいですわね。強さに対して貪欲ですし」

「そうですね。あと【一騎打ち】の約束もしました」

「【一騎打ち】!?　あなたとカティアさんが？」

「はい」

「……身の程知らずですわね。あなたに勝てると思ってるのかしら」

「いえ、たぶん勝てるとは本人も思ってませんよ。強くなるための糧にしようとしている顔でした」

「ふーん……よくやりますわ」

「この【一騎打ち】に俺が勝ったらカティアさんは俺と結婚してくれるって約束してくれたんです」

「は？　結婚!?」

「はい！　子供も生んでくれるって言ってくれたので、これはもう本気でやるしかないなって」

「こ、子供⁉　え、それ、それ本当ですの⁉」

「本当です！　いやぁ～まさかカティアさんにそこまで認めてもらえてたとは思いませんでしたよ。男として鼻が高いっていうか～」

「あ……あの女……男に興味なんて無さそうだったのに……油断も隙もありませんわね……あとで話をつけなくては」

「え？」

「……な、なんでもありませんわ。そ、それよりゼクード。これから朝だけでなく夜食もわたくしが振る舞って差し上げますわ」

「え⁉　いや、それは……」

「いいんですわ。遠慮なさらないで。先輩からのご厚意はちゃ～んと受け取っておきなさい？」

「いえ、実はもうカティアさんが毎日作ってくれる事になってて……」

「なん⁉　なんですって⁉」

「いやぁ至れり尽くせりっていうか。もう奥さんを手に入れちゃった気分ですよ」

「そ、そう……ふーん。あの女……あとでぜったい問い詰めてやりますわ」

「え、なんて言いました？」

「なん……なんでもありませんわ。　……と、ところでゼクード。実はあなたにお願いがあるんですの。前は言うタイミングが無かったのですが……とても大事な事なのですわ」

「なんですか？」

「わたくし【S級ドラゴン】の爪を手に入れたいんです」

「爪……ですか？　なんで爪なんか必要なんです？」

「妹を救うためですわ。妹は昔からある病に侵されてまして、それを治すのに必要なのが『S級ドラゴンの爪』なのですわ。これは【秘薬】を作るために必要な素材なんですの」

【秘薬】か。聞いたことあるな。【アンブロシア】と調合することで作れる万能薬だって。

【秘薬】の素材『S級ドラゴンの爪』の質《しつ》が良くないと作れないから希少で、今のエルガンディには一個もないとか。

S級ドラゴンならどのみちいずれ戦う相手だ。

ローエさんに頼れる男をアピールするために引き受けておこう。

「そういうことなら任せてください。最悪逃げられても大丈夫なように先に爪を斬っておきましょう」

「ありがとうゼクード！　本当に頼もしいですわ！」

ローエさんの顔がパァッと明るくなった。

可愛い。笑ったローエさん本当に可愛い。

年上だって忘れてしまう。

「それじゃあゼクード。また会いましょう」

「はい！　また！」

街中を共に歩いたローエさんと別れた。

俺の騎士学校は【フラム領】で、ローエさんの騎士学校は【マクシア領】にある。

だから途中までしか一緒に行けないのだ。

しかしここに来るまでの間に何人かの生徒たちに目撃され驚かれていた。

それもそのはずだろう。

女騎士というそもそも騎士学校に希少な女性という存在。

しかも誰が見ても美人なローエさん。

さらに彼女はもっと希少な【S級騎士】。

そんな凄い女性を隣において楽しく雑談しながらの登校。

思春期の男子にとって、いや世界中の男にとってこれほど自慢できる事は他にあるまい。

実際に他の男子生徒たちへの優越感は半端じゃなかった。

しかし気になったのは一般の女性たちの視線だった。

みんな俺ではなくローエさんを見ていて、その誰もが険しい顔をしていた。

美人でスタイルの良いローエさんに対する嫉妬か。

それとも女性なのに【攻撃魔法】を持つローエさんに対する差別の目か。

おそらく後者だろうなとは思う。

何度か聞いたことがあるからだ。

【攻撃魔法】を持つ女性は、女性の中では異端《いたん》扱いされるらしい。

ちょっと昔なら男性もそんな女性を異端扱いしていたらしいが、今では女性だけがそんな差別を繰り返しているのだとか。

確かにフランベール先生も友人がいないと言っていた。

ローエさんとカティアさんも、もしかしたら……

そんな嫌なことを考えていたら、いきなり目の前が真っ暗になった。

「えっ!?」

「だ～れだ？」

あ、この優しい声音は！

「先生ですね？」

「うふふ、正解。ありがとう」

なぜか嬉しそうに言いながらフランベール先生は俺の目を解放してくれた。

そのまま先生は俺の隣にやってきて微笑む。

「こんな朝からローエさんと歩いてるなんてビックリしたよ。ナニしてたの？」

「実はローエさんがパンとミルキーバターを持ってきてくれて一緒に頂いてたんですよ」

「へぇ〜、あのローエさんから。良かったねゼクードくん」

「はい。昨日の夜なんかカティアさんが【ドラゴンバーガー】を作ってくれて」

「あらカティアさんまで？」

「そうなんですよ。カティアさん料理上手くてびっくりしました！」

言うとフランベール先生はクスクスと笑った。

「ふふふ、ゼクードくんったら隅《すみ》におけないね。もうローエさんとカティアさんの心を開かせた感じ？」

「そうかもしれません。でもあの二人はきっと俺に同情もしてくれたんだと思います。なんか家の中をチラチラ見てたし、両親がいないことを察してくれていたみたいなので」

でなければ毎日料理を作りに来るなんて提案は出さないはずだし。

「それはあるかもしれないけれど、それだけじゃないと思うよ？　だってゼクードくんカッコいいしね」

なんか頬を少し赤くしながら言ってくれるフランベール先生。至高の顔だ。

「いやぁ照れますよ先生。褒めすぎですって」

「ふふ、わたしももう少し歳が近ければゼクードくんにアタックしてたんだけどなぁ」

「え!?」

「うん。それくらいカッコいいって意味」

どのみち嬉しかった。

「ありがとうございます。　いやでも歳が近ければって、　俺と先生ってたった四つしか離れてませんよね？」

「うん」

「それくらいならどうってことないじゃないですか」

「んー……そぉかな？」

「そぉですよ。　だって十歳離れた夫婦だっているくらいですし、　四つくらい別にって思いますけど？」

「んーでも教師と生徒の関係よぉ？」

「いやいや、今は隊長と部下の関係でもあるじゃないですか」

「あ、そっか」

「そうですよ。　だから先生も遠慮せず俺に恋のアタックを仕掛けてください！　受け止めますよ俺！」

「うふふ、じゃあローエさんとカティアさんに負けないよう、　わたしも頑張ってみようかな」

「ぜひ！」

「ゼクードくん。　今日のお昼は空いてるかな？　いっしょに昼食を食べない？」

「喜んで！」

「ありがとう。　嬉しいわ」

や、やった！

なんか流れでフランベール先生と二人で昼食の約束ができた！

夜はカティアさんと、朝はローエさんと、そして昼はフランベール先生と。

本当に俺の春がやってきた気分だ。

こんな立て続けに美女といっしょに食事が出来るとは。

親父ありがとう。

本当にモテ始めたよ。

こうなったらもうローエさん・カティアさん・フランベール先生をまとめて手に入れてみせるぜ！

やっと回ってきたモテ期なんだ！

この期を逃す手はない！


そして騎士学校の鍛錬が終わり、昼食の時間となった。

フランベール先生が選んだ場所は人気の少ない学校の裏庭だった。

さすがに学校では俺とフランベール先生は教師と生徒の関係だから、こんな風に一緒に昼食を食べてるところを見られるのは恥ずかしいのだろう。

草原のような裏庭に座ると、フランベール先生も隣に座ってきた。それもかなり近くで。

優しい風が吹くと、フランベール先生の甘くて良い香りがした。凄く落ち着く優しい女性の香りだ。素晴らしい。

取ってきた学内の配給食をトレーの上に乗せ、地面に置いて俺も座った。

隣に座ったフランベール先生が「ん～？」と俺のトレーを覗いてきた。

「お肉ばっかりじゃないゼクードくん」

「いやぁ～はは、肉好きなんで」

「気持ちは分かるけどダメよ野菜もしっかり取らないと」

「そ、そうですね……」

案の定、怒られた。

野菜ってあんまり単品だと美味しくないんだよなぁ。

肉とセットなら、まぁまぁイケるけど。

「はいゼクードくん。ア～ンして」

「え!?」

フランベール先生の方へ振り向くと、隙ありと言わんばかりに野菜をフォークで口に突っ込まれた。

いきなりで驚いたが、野菜はシャキシャキで凄く新鮮だった。何も味付けがされてないのに美味い！

野菜で美味いと思ったのは初めてだ。

なんだこれ？　本当に配給食？

「美味しい？」

ニッコリとフランベール先生が俺の顔を覗き込んでくる。

その笑顔にドキリとした。

「ぉ、美味しいです！　凄く……」

「ふふ、良かった。お肉の量が多いからもうちょっと食べようね？　はいア〜ン」

またもフランベール先生は躊躇いなく俺に野菜を分けてくれた。

なんだこれ、恋人みたいなやりとりじゃないかこれ？

いかん、幸せ過ぎて野菜の味がしなくなってきた。

「お肉ばっかり食べてると血がドロドロになるって授業で教えたでしょう？　これからはしっかり野菜も食べなさいね？」

「え、ええ、まぁ、考えときます。はは……」

「その反応は食べないね？」

バレてる。さすが俺の担任。

「それじゃあわたしもカティアさんやローエさんを見習って昼食のお野菜弁当を担当しようかな」

「ほ、本気ですか？」

「本気。ゼクードくんこれからわたしたちの隊長になるのにそんな不健康な食生活してたら身体がダメになっちゃうでしょう？」

「それは……」

「大丈夫。ゼクードくんは今まで通りお肉を食べていいのよ。お野菜はわたしが毎日持ってきてあげるから」

持ってくる？

あ！　この野菜はフランベール先生の自家製か！

道理で美味いと思った！

いやそれより嘘だろおい。

カティアさん、ローエさんに続いてフランベール先生まで。

朝・昼・晩と食事に困らなくなってしまった。

良いのだろうかこれ本当に。

これってつまり毎日いっしょに昼食を食べてくれるってことでもあるわけだ。

もしかして俺【S級ドラゴン】と戦って死ぬのか？

なんか怖くなってきた。

「ゼクードくん？」

「あい!?」

ボケッとしていたせいで変な声を上げてしまった。

「あ、どうしても嫌だったら無理強いはしないよ？」

「とんでもないです！　あんなに美味しい野菜なら毎日でも欲しいです！　はい！」

「ふふ、なら良かった」

安心したようにフランベール先生は残りの野菜をフォークで刺して口に運んだ。

フォークがフランベール先生の唇に包まれる。

「あ、先生！　それ……」

その光景に俺の心臓が今までにないくらい高鳴った！

あのフォークは俺がア～ンしてもらったやつだ。

フランベール先生が持ってるフォークはあれ一本しかない。

「ん、美味しぃ」とニコニコしながらフォークを口に含んでいくフランベール先生。

またその光景にドキリとした。

フランベール先生はまるで気づいてないけど、これは完全に間接キッスだ。

俺は心臓がバクバクし始めた。

急に大人の階段を少しだけ上《のぼ》った気がした。

顔も熱い。メチャクチャ血液が顔面に集中している。

顔が真っ赤になっているのが分かる。

言うべきか黙ってるべきかを悩んでいると、当のフランベール先生も何度かフォークを口にしてからピタリと止まった。どうやら彼女もようやく間接キッスに気づいたらしい。

みるみる間にフランベール先生の顔が真っ赤に染まっていく。

あのいつもとろんとしたフランベール先生が赤面してる。

なんか……可愛い。

「あの、先生」

「ふぁい!?」

不意に話しかけたせいか先生まで変な声になってた。

「ご、ご馳走さまでした」

「え、あ！　うん！」

「それじゃ、俺、もう行きますね」

「うん。ま、またね！」

お互いに顔を真っ赤にして離れた。

間接キッスについては触れない。

お互いに気づいてないことにしてその場を去った。


騎士学校を終えたローエはエルガンディ王国の【ルージ領】に来ていた。

目的はもちろんカティア・ルージに会うこと。

ゼクードとの結婚について話を付けに来た。

あんな話を黙っているわけにはいかないからだ。

「見つけましたわよカティアさん！」

カティアはやはり練騎場《れんきじょう》にいた。ここは騎士がいつでも鍛錬できる広場だ。

彼女は暇さえあればここで鍛錬している。

広場の脇にはカティアにやられたらしい男の騎士たちが山積みになって伸びている。かわいそうに……

「ローエ。ここは【ルージ領】だぞ」

「あら、入ってはいけない法なんてありませんわよ？」

「ふん……何しに来た？」

「あなた昨日の夜、ゼクードにご馳走したそうですわね？」

「それがどうした？」

「今後はわたくしがそれをやりますので、あなたはもうやらなくて結構ですわよ？」

「なに？」

「あと結婚の約束もしたそうですけれど、そんなものわたくしは認めませんわ」

「なんでお前に認めてもらう必要があるんだ？」

「先にゼクードに目をつけていたのはわたくしですわよ！」

「知るかそんなこと」

「あなた男に興味なさそうだったのに油断も隙もありませんわね。ゼクードに色目を使うなんて」

「色目なんて使っていない。求婚してきたのはゼクードの方だぞ。私はそれに応えただけだ。

そんなに言うならお前もゼクードに求婚すればいいだろう」

「したいけどあなたが邪魔だと言ってるんですわ！　さっさと婚約を取り消してきなさい！」

「……？　なんで私が邪魔なんだ？　意味が分からんぞ」

「なんで分からないんですの!?　あなたがいるとわたくしはゼクードに手が出せないと言ってるんですわ！」

「な、なに言ってるんだお前は？」

「いやだから！　あなたが何言ってますの!?　なんでわたくしが変みたいに！」

「話が噛み合わんな。まさかお前……ゼクードと結婚できるのは一人だけとか思ってないだろうな？」

「は？」

何を言ってますのこの人は？

男一人につき女一人が普通でしょう？

「お前もあいつの妻になればいいだけの話だろ」

……思い出した。

このカティアの家系は一夫多妻だった。

父も母も一人しかいないわたくしとは根本的に考え方が違うのだ。だからこうも話が噛み合わない。

確かに重婚は法に触れないが。

「わたくしが？　あなたと家族になれと？」

「嫌なのか？」

「嫌に決まってるでしょ！」

「そうか。じゃあ諦めろ」

「だからあなたが邪魔……」

「聞け。ゼクードの将来の夢を知っているか？」

「夢？」

「大家族を築くことだそうだ」

「大……家族？」

「妻が三人。子供は九人欲しいんだと」

「きゅ……ええ!?」

ゼクードの夢を聞かされたわたくしは凍り付いた。

「妻が三人!?　子供九人!?　なんですのそれ!?　なんでそんなに欲しがるの!?」

子供の数はともかく、家族は夫と妻が一人ずつが普通のはず。

一夫多妻は亜種であり、身寄りのない女性たちを救うための救済のはず。ゼクードのそれは大家族というよりただのハーレムではないか。

「寂しいんだろ。ずっと一人だったと言っていたからな」

「だ、だからってそんな一夫多妻なんて……それにこれは一夫多妻というより、ただのハーレムですわ」

「それについては同感だ。だがお前が嫌でもあいつはそれを望んでいる。受け入れられないなら諦めるんだな」

「あなたは嫌じゃありませんの⁉　自分の夫が他の女とイチャイチャするのなんて！」

「べつに？　私にも母が四人いるからな。特に思うことはない」

「じゃあ聞きますけど……あなたはずっと死ぬまで隣にわたくしがいても平気ですの？」

「……」

「同じ夫を持つということはそういう事でもありますのよ？」

「べつにお前なら……」

「え⁉」

「いや、なんでもない」

「……。……あぁもう。調子狂いますわ。失礼させて頂きます」

カティアの呟きが聞こえていたわたくしは頬赤くして踵を返した。

そのままカティアに背を向けて帰路につく。

カティアは『お前なら良い』と言うつもりだったのだろう。

それくらいは分かるし、わたくしにも理解できる話だった。

【攻撃魔法】を持つ者同士だから【普通の女性】と違って差別はしてこない。

お互い気が楽なのだ。

正直に言うと【ドラゴンキラー隊】はかなり居心地が良い。カティアもフランベール先生も【攻撃魔法】を持つ同じ境遇の女性たちだからだ。

今でこそ男性からの差別は少なくなったが、女性はまだまだ差別意識が根強い。みんなこの鎧装備を見ただけで異端扱いしてくる。女性が騎士をやっていること自体が異端ということもある。

だから碌な友達にも恵まれなかったが、カティアは……

彼女は友達というより腐れ縁だと言いたい。

だがカティアの存在に心を救われていたことは確かで。

あんな風に気安くお喋りできる歳の近い相手もカティアしかいないという事実。

確かに『普通の女性』と家族にされるよりよっぽどマシだが。

「はぁ……大家族か。困りましたわね……」

空を見上げながらわたくしはそう呟いた。

【ルージ領】の練兵場は広大で、石造りの地面は四角い舞台となっている。

その周りには騎士たちの休憩所もあり、名前の通り鍛練するにはもってこいの場所となっていた。

「来たか」

ここで会うことを約束していたカティアさんがランスを構えて待機していた。

「お、お待たせしました……」

俺はカティアさんの背後の光景を見て声が引きつった。

彼女の後ろにはボコボコにされ黒コゲにされた騎士たちが山積みになっていた。

なんだこの惨状……

「あの……カティアさん。その人たちはいったい？」

「ん？　ああ彼らか。お前が来るまで暇だったのでな。身体慣らしに相手をしてもらっただけだ。軽く」

か、軽く⁉

みんな死にかけてますけど⁉

黒こげの人は【エクスプロード】で爆破されたのかな？

可哀想に……

周りで見ている他の騎士たちもカティアさんに怯えている。まるで小動物のように。

本当に可哀想に……

「な、なるほど。じゃあとりあえず――」

「ゼクード」

「はい？」

「手加減無しで頼む」

「え？」

「私とお前。どれだけ実力に差があるのか、もう一度確認させてほしい」

いつも真剣なカティアさんだけど、今回もまた随分と真剣だ。

俺たち騎士にとって対人戦などあまり意味はないのだが。

「それは構いませんけど」

「私も本気でお前に挑む。遠慮はしなくていい」

「勝敗はどのように？」

「肩当てを先に吹き飛ばした者が勝者だ」

「なるほど。わかりました。なら遠慮せずに本気で行きますよ？」

「ああ。感謝する」

カティアさんは本当に嬉しそうな顔した。

本気を出してもらえることがそんなに嬉しいのだろうか。

やはりそれだけ強さに対しては本気ということか。

俺は意を決して背中のロングブレードを抜刀し構えた。

カティアさんもランスと大盾を構える。

「お、おいあの二人！」

「【黒騎士】と【紅騎士】がやり合うのか！」

「本当かよ！　S級同士の決闘か！」

周りで見ている騎士たちが一斉にざわめき始める。

ゼクードはロングブレードを構え、正面のカティアを見据えた。

刹那！

ゼクードが消えた！

「っ!?」

速い！

どこだ!?　どこに消えた!?

どれだけ意識を集中させても見えない！

背後か!?

しかし背後からゼクードの気配はしない。

僅かに感じるゼクードの気配は前方！

なのに見えない！　どうなってる！

無音の接近……次の瞬間！

カティアの肩当てがゼクードのロングブレードによって吹き飛ばされた。

「な……っ!?」

一瞬だった。

何もできなかった。

まさかこんなにこんなにも差があるなんて……

カツンと肩当てが地面に落ち、カティアも脱力で膝をついた。

「ぉ、おい……何が起こったんだ？」

「わからねぇ……」

「すげぇ、何も見えなかった……」

「気づいたら肩当てが吹き飛んでたぞ？」

周りの騎士たちが動揺し、当のカティアも動揺を隠せずにいた。

全神経を集中させたのに、それでも一秒たりとも捉えられなかった。

これがゼクードの本気なのか。

本当に足元にも及ばない。

凄い……やはりゼクードは、凄い。

「勝負ありです。カティアさん」

カチンとロングブレードを納刀しながらゼクードがカティアのところへ来た。

「……さすがだな。何も、見えなかった……」

「本気の本気の超本気でやりましたからね」

「ふ、大した男だよ。お前は……」

「ありがとうございます」と返したゼクードはカティアに手を差し伸べた。

「俺こそカティアさんの夫に相応しいでしょう？」

「！」

思わず笑いそうになってしまった。

下手なプロポーズより心に響く。

「間違いない」

そう言いながらカティアは差し伸べられたゼクードの手を握った。

ゼクードに引っ張り上げられ立ち直る。

「……今はこのザマだが、いつかは超えてみせるからな。ゼクード」

「望むところです。【超えられない壁】として最後まで君臨してみせますよ」

「ふふ、それでいい。それでこそ私の夫だ」

満更でもない笑みを浮かべてカティアは言った。

【超えられない壁】として居てくれるゼクード。

強くなるためにはそれくらいの存在で居てほしい。

だがいつかきっと超えてみせるぞ。

ゼクード・フォルス。

第三章 【ローエにお願い】

その日の騎士学校が終わった頃に王国から使者が来た。

どうやら【ドラゴンキラー隊】の近況を知りたくて国王さまがお呼びらしい。

主君から呼ばれたとあっては断るわけにもいかない。

俺はすぐさま城へと足を運んだ。

案内の者に『王の間』へ連れられた。

そこは『支え合う獅子の国旗』が垂れ下がっている。

奥を見れば玉座に座る国王さまが俺を待っていた。

青い頭髪に整った顎髭。

金の装飾が豊かな青の鎧を身に着けている。

俺は失礼のないよう跪《ひざまず》き頭《こうべ》を垂れた。

「ゼクード・フォルス。参りました」

「待っていたぞ。どうだ？　隊長生活はやっていけそうか？」

厳格な雰囲気を打ち消し、柔らかい口調で国王さまが聞いてきた。おかげでフッと肩の力を少しだけ抜けた気がした。

「はっ！　問題ありません！　最初は部下の二人に認めてもらえなかったのですが、実力を見せた今は私を隊長と認め従ってくれています」

まだまだ拙《つたな》い敬語でなんとか話す。

すると国王さまが身を乗り出してきた。

「さすがだな。やはりお前に任せて正解だったようだ。S級ドラゴンが湧いた今、お前たちのような若い精鋭部隊が必要となってくる。いつまでもクロイツァーやセルディスに頼りっぱなしというわけにもいかんからな」

「はっ！　仰る通りです」

国王の言うクロイツァーとセルディスというのは残りのS級騎士二人のことだ。

俺やフランベール先生たちがS級騎士になる前はこの二人しかいなかった。

俺の父フォレッド・フォルスと同じ世代の騎士二人らしいのだが俺は会ったことがない。

「今は複数の偵察騎士隊にS級ドラゴンの居場所を捜索させている。見つかればお前たちの出番だ。それまでに部隊の練度を上げておくのだぞ」

「はっ！　心得ております！」

「うむ。……で、どうだ部下の三人は？　誰が見ても美の付く女たちだろう？」

思わぬ問いに俺は目を丸くしてしまった。

部下は美人揃いだぞ、という言葉に釣られて責任の重そうな隊長を引き受けた経緯が俺にはある。

国王様は嘘をついていなかった。

本当に美人揃いだったから。

「はい。三人とも美人に加えて優しく、今では食事の面倒を見てもらっています」

「ほう！　詳しく聞かせろ」

「は、はい！　え、と……実は朝はローエさんに、昼はフランベール先生に、夜はカティアさんに食事を作ってもらってるんです」

「ほう！　やるではないかゼクード！」

「はい。たぶんみんな俺に両親がいないことを察して優しくしてくれてるんだと思ってます」

「なるほどな。優しい部下たちで良かったじゃないか」

「は！　仰《おっしゃ》るとおりです」

「それにしても……くく。もう彼女たちを落とし始めているとはな。さすがはフォレッドの息子ということか。血は争えんな」

「国王さまは親父――コホン！　父の事をよくご存知なんですか？」

「当然だ。この国の英雄だぞ？」

「そ、そうでした！　すみません！」

「よいよい。アイツとは親友でもあってな。……いや、悪友か？」

え？　親父と国王さまが親友!?

「若い頃はよく城を抜け出していっしょに女の尻を追いかけていた」

俺は驚いた。周りにいる臣下たちもギョッと目を丸くしている。

国王さまが女の尻を追いかけてた⁉

この厳格で真面目そうな国王さまが⁉

信じられない……

「楽しかったなぁ、あの時は。色んな女性と知り合えたのもあるが、何よりフォレッド自身の発言がいちいち面白くてな」

「発言、ですか？」

「うむ中でも特に『男のキンタマって。女性がいなかったら只の邪魔な突起物だよな』と言ったことがあってな。あれは納得と同時に腹を抱えて笑ったものだ」

あのエロ親父……国王さま相手になんてことを。

言いたいことは分かるけど。

あ、周りの臣下たちも割とウケてる。

「とまぁ、そんなこんなでな。フォレッドに教えられたことは私にとっては大きなものだった。あいつのおかげで私の人生も彩《いろど》られた。良き友人は人生を豊かにすると言うが、あれは誠《まこと》だな」

「父に代わり光栄であります」

「ふふ。……ぁあ、そういえばもうひとつ。フォレッドから言われたことがある『俺の息子は間違いなく天才だ。何せ俺とセレンの息子だからな！』と」

セレン……母さんの名前だ。久しぶりに聞いたな。

病気でどんどん冷たくなっていく母を看取ったのはもう十年も前なのに記憶に新しい。

「何を根拠に天才と言っているのか聞いたら『ゼクードは四歳でもう俺の剣術に興味を持ってるんだぜ？　これは天才だろ？』と言っていた」

ごめん親父。

それ興味もったの剣術じゃない。

あのとき親父が言ってた『強ければモテる説』に興味もっただけなんだ。

しかも当たってたから感謝しかない。

「そして驚く事にゼクード。お前は本当に強く成長した。しかも十五歳というその若さでだ。あいつの予言は当たっていたという事だ。お前は本当に剣の天才だ。ゼクードよ」

「身に余るお言葉。感謝します」

天才。

グリータたちにも度々言われていた。

今さら否定する気もないし、する必要もない。

最初は自分こそが普通で、他のみんな鈍くさいのだと思っていた。けれどそれは間違いで、俺は圧倒的にみんなよりセンスに恵まれていた。

今はもうそれを自覚している。

「次世代のＳ級騎士として期待しているぞゼクード。いつまでもクロイツァーやセルディスに頼りっぱなしというわけにはいかんからな」

「はっ！　肝に銘じます！」

「うむ。それと【竜斬り】も可能なら部下たちに教えてやりなさい。あれはやはり相当の手練れでないと修得できんみたいだからな。クロイツァーとセルディスも頭を抱えていたよ」

「そうですね。まず『気』を引き出すところでみんな躓《つまづ》きますから……簡単に教えられるものでは……」

「だが彼女たちほどの騎士ならば他より可能性はあるはずだ。しっかり頼むぞ」

「はっ！」

「ああそれと、フォレッドにも『ゼクードが強くなってたら遠慮なくコキ使ってくれ』と許可も得ている。だから遠慮なくコキ使わせてもらうぞ？」

「は、はい……」

あのクソ親父。いらない遺言残しやがって。

墓参り行ってやんねーぞ。

ま、いいけどさ。

こんな恵まれた身体で生んでくれた母に免じて頑張るよ。

守りたい友達もいるし、手に入れたい女性たちもできたからな。

もはや朝の日課となったゼクードの自宅への訪問。

今日も今日とてゼクードを起こしにローエはやってきた。

今日は騎士学校も休みなのでゆっくりゼクードとお喋りができる。

「ゼクード？　起きてませんの？」

何度も玄関をノックをしているだが、ゼクードからの返事はない。

ローエは今日もゼクードのために焼きたての白パンを持ってきていた。ハチミツもだ。

彼の「美味しいです！」と言う笑顔が楽しみなのもあるが、やはり喜んでもらえると作る側としてもやりがいがあるものだ。

彼はお肉類が好きだとフランベールから情報を得ているので、今回はなんとソーセージも追加で持ってきてあげたのだ。

ホットドッグにして食べさせてあげればきっと喜んでくれるに違いない。

こうやって彼の好意をカティアからこちらに向けさせるために来たのだが、まさかの出鼻を挫かれた気分だ。

「返事がありませんわ。困りましたわね……」

こんなことは初めてだ。

いつもならしばらくすればすぐ出てくるはずなのに。

まだ普通に寝ているのだろうか？

それとも何かあったのだろうか？

「ゼクード？　ゼクード隊長？」

やはり返事は来ない。

だんだん心配になってきた。

「まさか！」

もしかしたら家の中で病に倒れて苦しんでいる可能性も！

病に倒れている妹がいる故に、ローエはそんな発想に行き着いてしまった。

ローエはドアノブを握り、それを回した。

バキャンと変な音が鳴った。

「あ」

あきらかな破損音だったが、ローエはとにかく先に玄関の扉を開く。

家の中へ入り、ゼクードが寝ていると思われる寝室へ向かった。

「ゼクード!?」

寝室への扉を開けたローエは、ベッドへ横たわるゼクードを見つけた。

近くまで寄り、耳を済ます。

静か寝息を立ててゼクードは熟睡していた。

本当にただ眠っているだけのようだ。

「良かった……」

安堵して、ローエはゼクードの寝顔を見た。

スヤスヤと眠るゼクードの顔は十五歳の幼さがわずかに残る可愛いものだった。戦ってるときの顔とは大違いである。そのギャップがたまらないのだが。

「ふふ、可愛い寝顔ですわ……」

完全に自分が不法侵入していることなど忘れて、そんなことを呟いていた。

そしてふと思う。

あれほどノックして呼んだのに出てこず、こうまで熟睡していたとは。S級騎士ともあろう者が随分と無防備である。

……いや、よほど疲れていたのかもしれない。

隊長になって彼なりに色々とプレッシャーなどを感じていたはずだ。

ゼクード自身はケロッとしているが、彼ほど身体能力が高いとその疲れにも気づきにくいのだろう。

今日のこの寝坊は、きっと溜まった疲れにやられたに違いない。

「疲れていたのですわね……」

愛しげにゼクードを眺めながら、頭を優しく撫でてやる。

そしてローエは毛布をかけ直してあげようとした。

だがそのとき、彼の露出した上半身に目が行った。

しっかり鍛えられた彼の胸板はやや厚く、腹筋も綺麗に割れている。

なぜ上の寝間着を着ないで寝たのかは知らないが、これは素晴らしい。

「凄い筋肉ですわ……」

細身でそんな筋肉モリモリに見えないゼクードだが、脱いでみればそこには男らしい筋肉を隠していた。

寝顔の可愛さとのギャップもあって、ローエは胸がドキドキした。

戦えばカッコいいし、寝ていれば可愛いし、脱げば男らしいなんて反則ですわ。

そんなことを思いながらローエはゼクードの胸板を撫でてみた。

「あぁ、凄く硬いですわ……」

何故か感動してしまう。

それはきっと自分が欲しくても手に入れられない美しい筋肉だからだろう。

自分の胸なんて脂肪の塊だ。

腹筋も割れた試しがない。

力はついたのだが、どうにも納得がいかない。

長年付き合ってきたこの女の身体だが、やはりこう見ると男の身体は非常に羨ましい。

その女には無縁の硬さを誇る胸部を撫でていたらゼクードが寝言を呟いてきた。

「カティアさ……カティアさん……」

ゼクードがあの女の名を寝言で呼び始めた。

なんでよりによってカティア？

なんの夢を見ているのだろう？

まず分かることは、カティアがゼクードの夢に出てきている。

ゼクードはベッドで寝ながらも全身を微動させている。

息もちょっと荒いし、妙に幸せそうな顔をしている。

夢の中でカティアとナニをしているのだろうか？

もしかしたらエッチな事をしているかも――

「ハッ!?」

ローエの予想は的中した。

ゼクードの股間が服を押し上げ大きくなり、テントのような形になっていた。

ぼ、勃起してますわ！

やはりゼクードは夢の中でカティアとエッチなことをしている。

でなければ寝ているのにあそこを勃起させるなんて有り得ないはずだ。

ローエは男性経験こそ皆無だが、さすがに騎士学校の三年生となるとそれくらいの性知識は持っている。

男性がエッチなことを考えると股間が勃起するくらいは。

「カティアさん……カティアさん……はぁ……」

「んもぉ……いったいどんな夢を見てますの……」

叩き起こしてやろうかと考えたが、こんな幸せそうな顔をするゼクードを見ていると、さすがにそれはできなかった。

肉棒は身体の強い男性の唯一の弱点だとも知っている。

内臓が外に剥き出しになっているようなものだから、ここを殴ればどんな巨漢でも一発で怯むと言われている。

だからゼクードもこんなに勃起させた股間を殴れば一発で目を覚ましてのたうち回るだろう。

けれどもそんなこと絶対にできはしない。

ゼクードに嫌われたくないからだ。

こんなエッチな夢を見て勃起しただけで殴るなど、さすがに人として最低だろう。

ゼクードだって意図してカティアとエッチする夢を見たわけじゃあるまいし。

「カティアさん……気持ちいいよ……」

そんな寝言と共にゼクードの股間がビクンビクンと跳ねる。

服の上からでも肉棒の脈動はしっかりとわかった。

男性の勃起という初めて見る光景に、なんだかんだローエも視線が釘付けになり吐息も荒くなっていた。

その肉棒の脈動は服に圧迫されて苦しそうにも見える。

凄いですわね。

こんなに押し上げげて。

中はどんなことになってるのかしら？

相手が好きな男性だからだろう。

そんな事が気になってしまった。

中が気になってドキドキが収まらない。

小さい頃に何度か父のモノを見ているから、生で見たってある程度は平気だと思っていた。

だからちょっと覗いてみようかなと、変な好奇心に駆られた。

『服に邪魔されて苦しそうだし』という誰かに対して言い訳し、正当化の理由を脳内で述べる。

ローエはゼクードを起こさないようゆっくりと彼のズボンを下ろしていく。

すると間もなくビン！　と服の抑圧から解放されたゼクードの肉棒が天を仰《あお》いだ。

「――っ！」

声にならない悲鳴と、悲鳴になりかけた息をローエは呑んだ。

大きい……。

最初に出た感想はまさにそれだった。

勃起したら大きくなるのは知ってたが、これほどとは。

ゴクンと喉を鳴らすローエ。

こんな大きいの、本当に女性の中に入るの？

こんなので膣を突き刺されたら、死んでしまうのでは？

ドキドキしている割には酷く冷静に分析している自分がいた。

いつかゼクードのコレが自分の膣に入るかもしれないと考えると、なんだか他人事とは思えずそう分析してしまった。

大好きなゼクードのだからこそ、まだこうして冷静に見ていられるのだろうか。

近い未来にこの肉棒が自分の膣に入り、精液という『赤ちゃんの素』を自分の中に植え付けていく。

そこまで想像したら、なんだかちょっとムラムラしてきた。

グロテスクにも見える肉棒が、妙に愛しくなってくる。

変な熱に浮かされていると自覚しながら、ローエは昔を思い出した。

過去、母が父のモノを口に咥えていたのを見たことがある。

十二歳のころだったか？

夜に目を覚まして両親の部屋を覗いたらそんな光景があったのだ。

朝になって問い詰めたら母は「あれはお父様の小股にソーセージを落としちゃったから、それを食べてただけよ？」と返してきたのを覚えている。

いま思い出すとかなり無理のある嘘である。

ソーセージを食べてるだけなら何故に父は立ちながら、母は屈んで、しかも父の股間あたりで食べていたのだろうか。

しかも父は気持ち良さそうな顔をしていたし、母の頭を優しく撫でていたのもハッキリ覚えている。

あれが食事の姿勢とはさすがに無理がある。

つまりはそういうことなんだろうが……。

「こんなのを咥えるなんて……」

脈動する肉棒を見つめながらローエは呟いた。

母は汚いとは感じなかったのだろうか？

ここは男性が用を足す場所でもあるのに。

「カティアさん……」

あの女の名前を寝言で繰り返し、同じように肉棒を激しくビクビクさせているゼクード。

そんな彼が今日はやたら可愛く、愛しく見える。

いつもより凄く。

夢の中でどれだけカティアを求めているのだろうか？

夢の中のカティアはちゃんとゼクードを満足させているのだろうか？

ちゃんと甘えさせてあげているだろうか？

「カティアさん……」

「ゼクード……」

彼の寝言に返事をし、気づけばローエは呼吸が荒くなっていた。

はぁ……はぁ……

何故だろう……このゼクードの肉棒を見ていたら、なんだか変な気分になってくる。

今日は朝からお肌の調子も良くて、コンディションもバッチリだったのだが、同時に妙にムラムラしていた。

妙に性欲が高まっているというか。

こんな状態になるのは初めてじゃない。

月に一度は必ずある。

『そんな時は赤ちゃんがデキやすいから気を付けるのよ』

一度だけ母に聞いたとき返ってきた言葉がそれだった。

今の自分は『赤ちゃんがデキやすい身体』になっているのだろうか？

もしそうなら、今このゼクードの肉棒を自分の膣に迎え入れて射精されたら……ゼクードと自分の赤ちゃんがこのお腹に宿るかもしれない。

そんなことを考えたら、また子宮が疼いてきた。

やっぱり今日の身体はなんだかエッチだ。

ゼクードの子供を孕みたがってる気がする。

妊娠の準備ができているから早くゼクードの子種をくれと訴えているようだ。

現にローエの膣は濡れ初めている。

受精する妄想だけでヌルヌルになり初めている。

あぁ、わたくしったら……なんてはしたないの……。

でも……ゼクードのコレを見ていたら、おかしくなって……。

そんなことを思いながら、気づけばローエは、ゼクードの肉棒を優しく握っていた。

これくらいならしてあげてもいい。

そんな気持ちになったから。

あ……凄く熱いですわ、これ。

熱く、脈打ってる……。

ドックン……ドックン……と。

肉棒から伝わる熱が手に広がり、ローエはその熱の虜になっていた。

あったかいですわ……これがゼクードの熱なんですのね……。

これがわたくしの膣に入ったら、この熱はどんな風に感じるのかしら？

そんなことを考えたら、お腹の奥でまた子宮がキュンと疼いた。

ああやめて……わたくしをエッチにしないで……ゼクードのコレ、欲しくなっちゃう……膣《ここ》に……

「あ、れ……？　ローエ、さん？」

え？

ローエはゼクードの顔を見た。

そこにまだ眠そうな半開きの瞳がローエを見ていたのだ！

起きちゃいましたわああああああ！

最悪なタイミングだった。

ローエがガッチリとゼクードの肉棒を掴んでいるところだったから。

「あ、あの……これは……その……」

ゼクードの視線が見事なほどローエを捉えていた。

当のゼクードも意識が覚醒してきたらしく、目を丸くした。

「ローエさん……」

「ち、ちが……その……えと…………」

言葉が見つからない。

ゼクードの肉棒を握ったこの状況を、どう言い訳すればいいか分からない。

顔に血が巡り過ぎて、気を失いそうになる。

いや、いっそこのまま気絶できればどれだけ楽だろうか。

後でどうせ問い詰められるだろうが、今はもうこの地獄のような状況から逃げ出したい。

ローエは泣きそうになりながらもゼクードの目を見返した。

とにかく謝ろうと思ったのだが、ゼクードの目は意外にも穏やかだった。

「……何も言わなくて良いですよローエさん。そのまま……握っててくれませんか？」

「え？」

ビクンビクンとローエの手の中で肉棒が震える。

「ローエさんの手……凄く気持ちいいので……」

「ゼ、ゼクード……」

ゼクードは今のこの状況をローエに問い詰める気はないらしい。

その代わりローエには肉棒を手で包み続けてほしいと言っている。

とても気持ちいいからと。

確かにゼクードの顔を見れば本当に気持ち良さそうなウットリとした表情をしている。

ローエの手の感触を堪能するようにゼクードは肉棒をしきりにビクビクさせている。

「お願いです……そのまま……手を上下させて……」

「わ、わかりましたわ」

拒否する選択はなかった。

自分の痴態を見なかったことにしてくれているゼクードに、ローエは逆に感謝さえ覚えたほどだ。

ローエはゼクードの肉棒を握り直し、ゆっくりと上下に擦り始めた。

ゼクードの肉棒が歓喜するように激しく脈動し始める。

その肉棒の暴走を、ローエの手が抱擁して暴れさせない。

しっかり握って包み込み、快感を送り続ける。

「あぁローエさん！　凄い……本当に気持ちいいです……はぁぁ……」

あまりの気持ち良さ故か、ゼクードは目を閉じて大きく息を吐いた。

「良かった……もっと気持ちよくなって……ゼクード」

ゼクードがわたくしの手で気持ち良くなってくれている。

なぜだろう。その事実が無闇に嬉しかった。

やはり好きな人が喜んでいるのは気分がいい。

ローエは肉棒をもう少し強めに握って、さらに上下運動を加速させる。

「あ、あ……ローエさん……そんなに早くしたら、すぐに……出ちゃいますよ……ぅぅ……」

え？

出ちゃう？

まさか……精液を出すの？

するとまたローエの子宮が熱を持ち、キュンキュンと疼いた。

『出させてはダメ！』とローエに訴えているようだった。

精液は膣の中で受け止めてあげるべきだと、ローエの子宮が熱く語りかけてきて気が変になる。
ダ、ダメ……中出しを許したら、妊娠してしまいますわ。
今日の身体は本当におかしくて、ゼクードの精液を流し込まれたら本当の本当に妊娠してしまいそうな気がする。

それはまだ……ダメなのだ。

まだS級ドラゴンを全滅させてすらいないのに。

そんな脅威の残った状況で妊娠している場合ではない。

だから中出しだけは、まだダメだ。

でも、エッチするだけなら……ゼクードと繋がるだけなら、許してもいいのではないだろうか？

彼の肉棒を膣に受け入れて、ともに快感を得れば、この子宮の疼きも治まるのではないか？

ゼクードとならエッチしてもいい。

処女を捧げるのだって嫌じゃない。

むしろゼクードに処女を捧げられるなら本望だ。

問題は……どうやってエッチに誘うか、だ。

自分から言うのか？

エッチしたい、と？

無理だ。

恥ずかし過ぎて言えたものじゃない。

そんなこと。

仮に言えたとしてもエッチな女と思われてしまうのが怖い。

ゼクードに幻滅されるかもしれない。

嫌われたくない……。

「あの……ローエさん？」

「は、はい!?」

いきなり話しかけられてローエは驚いた。

考え事をしながら手コキをしてきたせいか、手の上下運動は止まっていた。

だから、いつまで経っても手コキを再開しないローエに疑問を持ったゼクードが今こうして話しかけてきたのである。

「疲れましたか？」

「あ、いえ、違いますわ。……あなたが出そうって言うから、その……」

「ああ、それで止めてくれたんですね。でも、いいですよ。俺、ローエさんの手でイキたいんで、このまま抜いてほしいです。俺、これが初めての射精なんで」

初めての、射精？

そんな……

それならやっぱり、わたくしの膣《なか》で……

「……手で、本当に満足でして？」

「え？」

ぁ……わたくし……

「あなたが望むなら……このまま夜の相手をしても構いませんわよ？」

言えた……！

内心で驚きながらも『エッチ』ではなく『夜の相手』というまだ言いやすい言葉があって助かったとも思った。

でも言い終えてからゼクードの顔が見れなかった。

どんな顔でこちらを見ているのか、怖かった。

淫乱な女と見てないだろうか？

「ローエさん……」

ゼクードが身体を起こしてローエを見る。

「……いいんですか？」

聞かれて、ローエは顔を赤くしながらコクンと頷いた。

子宮が嬉しそうにキュンキュンと疼く。

ゼクードの肉棒もローエの膣に入れると確信したのかビクンビクンと嬉しそうに脈動した。

「じゃあ……お願いします。俺、ローエさんとしたいです……」

やった！

内心で歓喜した。

ゼクードに抱いてもらえる。

求めてもらえた。

嬉しい……。

キュン……キュン……

子宮がローエの膣内を濡らし、早く早くとゼクードの肉棒を欲している。

慌てないで。

もうすぐだから。

「わかりましたわ。装備を脱ぎますから、少し待ってて……」

ローエは緑の鎧を外し、下に着ていたインナーも脱いだ。

肉付きの良いプルンとした巨乳と尻が姿を現した。

「ローエさん……凄く綺麗ですよ」

いつの間にか全裸になっていたゼクードが頬を赤くしながら言ってくれた。

「と、当然ですわ……」

素直に嬉しかった。

初めて全裸でゼクードの前に立つのに、そこまでの抵抗は感じなかった。不思議である。

「ローエさん……失礼します」

「あ……」

そっと抱きしめられ、ローエはゼクードに包まれた。

逞しい身体に抱きしめられ、優しくて温かいものが流れ込んでくる感覚を覚えた。

お腹にゼクードの肉棒が当たり、その熱を感じる。

子宮の疼きが鋭くなった。

もう目の前に、欲しくて欲しくてしょうがないゼクードの肉棒があるせいだろう。

ゼクードはローエの両頬に手を添えてキスをした。

「……ん」「ん……」

生まれて初めての異性とのキス。

それは暖かく、艶かしく、とても気持ち良かった。

お互いに目を閉じてキスを堪能する。

ゼクードはローエを強く抱き寄せた。

密着する身体と身体。

男らしく力強く抱き締めてくるゼクードに胸がキュンとなるのを感じる。

ゼクードはキスを終えると抱きしめた両手はローエの大きな尻へと移動しムニュリと揉みしだく。

「あん……」

不思議と不快感はなかった。

やはり相手がゼクードだからだろう。

むしろ揉まれるのが気持ちよくて、ローエはゼクードに抱きついた。

自慢の巨乳を彼の胸に押し付けて、大きさと柔らかさを味わってもらう。

目を閉じてゼクードの肩に顔を埋める。

肌と肌をくっつけて生まれる安心感と心地良さをローエは堪能した。

ゼクードはローエの尻を揉みまくると、今度は自分の肉棒をローエの股に滑り込ませ、愛液で濡れた秘部に擦りつけてきた。

「あん……ゼクード……」

「ローエさん……このまま入れていいですか？」

「ダメですわそんなの」

「でも、ローエさんのここ、凄く濡れてますよ？」

「そうじゃなくて……あなたもわたくしも、エッチはこれが初めてなんですのよ？」

「あ……」

「初めてはちゃんとベッドでしたいですわ」

「そうですね。わかりまし……た！」

「キャッ!?」

急に身体を離したと思ったら、ゼクードはローエをお姫様抱っこした。

有無を言わさずベッドに連れてかれ、ゆっくりと下ろされる。

「はい。ベッドに到着です」

「んもぅ……びっくりしましたわ」

「えへへ、ごめんなさい。さぁローエさん……足を開いて……」

「ん……」

言われたローエはベッドの上で開脚し、ゼクードがその間に身体を割り込ませてきた。

先ほどのローエの愛液でピカピカになったゼクードの肉棒が、いよいよ膣口に近づいてきた。

子宮が今までにないほど疼き出した。

やっと、ゼクードと一つになれる。

ゼクードの亀頭がローエの膣口とキスをした。

にゅぷ、とその亀頭だけ膣内に侵入し、あとは腰を前に進めるだけというところでゼクードは止めた。

「ローエさん……いきますよ？」

頬を赤くしながらローエは頷いた。

「ゆっくりと……お願いですわ……」

ゼクードの首に手を回しながらローエは言った。

ゼクードはしっかりと頷いて、腰をゆっくりと前に進める。

ズプププ……

「お、お！」

「ああ……あ！」

愛液ですでにトロトロになっていたローエの膣は驚くほどすんなりとゼクードの肉棒を受け入れた。

処女膜はあっさり貫かれ、ローエはついにゼクードの女となった。ローエの純潔を奪ったゼクードは、肉棒を全て彼女の中へ納めて童貞を卒業した。

「ん、ぉぉ……これが、女性の……膣内……」

「はあああ……ゼクード……」

合体の快感を深く感じるために、ゼクードはローエに覆い被さりしっかりと抱きしめた。

抱きしめられたローエもゼクードの背中に手を回して密着する。

「ローエさん……」

「ああ……ゼクード……」

深く繋がり合い、やっと望みが叶って歓喜する肉棒と子宮を満足させていく。

膣内で脈動する肉棒の熱を感じとり、子宮が精液を待ち望む。

ゼクードは深くまでローエに肉棒を挿入すると腰を止めて、しばらく繋がったまま抱き合った。

ゼクードと頬とローエの頬が触れ合う。

ローエの膣内で肉棒をビクビクさせてくる。

あぁ……気持ちいい……

膣内で暴れる熱を感じる。

その暴れて止まない熱い塊が、凄く愛しい。

そんな元気いっぱいの肉棒をローエは膣をキュッと締めて抱擁する。

「ん！　お……気持ち良い……」

「ふふ……」

たっぷりとお互いの性器を味わい、交じり合わせると、ゼクードはゆっくりと腰を動かし始めた。

にちゅ、にちゅ、にちゅ……

「あ、ぁ、あ、あ……！」

熱い塊に膣を擦られ、気の遠くなるような快感に襲われた。

あぁ……もっと、もっと！

初めてなのに信じられないほど感じていた。

子宮が喜びに打ち震えているせいだろうか。

子宮が精液を求めて収縮《しゅうしゅく》するのが分かった。

あぁんダメ。

中出しだけはダメですわ。

求めちゃいけませんわ。

子宮の疼きを止めるためにゼクードと身体を重ねているのに、治まるどころか悪化していく。

ローエの身体は排卵期を迎えていた。

卵子はすでに排出され、ゼクードの精子を今か今かと待ち続けている。

妊娠しやすいように、全身の感度も上がっている。

ローエの理性などとっくに虫の息だった。

「はぁ……はぁ……ゼクード……」

「ローエさん……はぁ、はぁ……」

ゼクードは上半身を少し上げて、ローエを抱きしめていた両手を離し、彼女の巨乳を揉みしだき始めた。

「あ！　はぁん……」

ゼクードは器用だった。

肉棒の出し入れを怠らず、ローエの巨乳をしっかりと揉みまくり、あげく乳首を吸い上げてきたのだから。

ちゅうぅ……

「あん！　や、んん……！」

吸われて甘い痺れが走った。

美味しそうに巨乳に吸い付くゼクードは可愛く、まるで赤ちゃんのように見えた。

ローエの巨乳をひたすら堪能したゼクードは上半身を起こし、ローエの腰を掴んで肉棒を出し入れする。

「あん！　あん！　あん！　ああゼクード！　はあ！　はあ！　ん！　あ……！　あん！」

「はぁ！　はぁ！　はぁ！　気持ち良いよローエさん……凄く気持ち良い……！　腰が、止まらない！」

「あん！　あん！　あん！　あ！　ゼクード！　は、激しい……ですわ！　あっ！　あっ！」

一心不乱に腰を振るゼクードは、ローエの腰をガッチリ掴んで離さず逃がさない。

ゼクードの息がどんどん荒くなり、動きも激しくなっていく。

「……っ！　ロ、ローエさん！　俺……もう出そうです！　このまま中に出してもいいですか!?」

「……え!?」

膣内《なか》、射精《だし》……！

キュン、キュン、キュン……！

それこそ待ち望んでいたと言わんばかりに子宮が激しく疼き出した。

ダメだと言えばそれで良かったのに、理性がほとんど溶けてしまっていたローエには、妊娠のリスクを考える余裕すらなかった。

「ローエさんお願いです……中で……出したいっ！」

「ゼ、ゼクード……あ……あ……あ！」

中で出したいと激しく腰を当ててくる。

トドメのように切ない顔で中出しを要求してくるゼクードの顔。

どうしても自分の膣内で射精したそうな彼の顔は、今までの中で最も可愛く、また愛しかった。

これがゼクードにとって初めての射精なら、やっぱり膣内《なか》で出させてあげたい。受け止めてあげたい。

「しょ、しょうがないですわね……あ……あ！　こ、今回だけですわよ？」

こうしてローエは膣内への射精を許可してしまった。

「ありがとうローエさん！」

中出しを許可されて嬉しがるゼクードがまた覆い被さって抱きしめてきた。

喜ぶゼクードの笑顔が本当に可愛くて、ローエはゼクードを心の底から愛しく思った。

もうどうなってもいい。

今はこの幸せを噛み締めたい。

ゼクードほどの男になら孕まされてもいい。

ローエもゼクードをしっかりと抱きしめ返し、そして濃厚なキスをした。

舌を絡ませ唾液を交換していく。

それが済むと激しいゼクードの腰使いにローエはただ「あん！　あん！　あん！」と喘いだ。

ローエの子宮口とゼクードの亀頭が何度も何度もキスをする。

それがあまりに快感で、ローエもついに絶頂を迎えようとしていた。

ゼクードの肉棒も大きく膨らみ始め、いよいよ射精しようとしている。

「はぁ！　はぁ！　はぁ！　ローエさん！」

「あ！　あん！　あ！　あ！　ああ！　ゼクード！」

「ダ、ダメだ……もう本当に……！」

「だ、出して……精子……膣にィ！」

「ローエ……！」

ゼクードがいよいよラストスパートを掛けてきた。

お互いの抱擁を強くし一体化しそうなほど密着する。

肉棒の先端が子宮口に当たり、そして！

「うっ！」

ドクン！

「んああ！」

ついにゼクードが生まれて初めての射精を開始した。

初めてゆえに凄まじい勢いで肉棒が脈動する。

煮えたぎっていた精液がローエの膣内に広がっていく。

ドクン！　ドクン！　ドクン！　ドクン！

「は……っ！　あ……っ！」

出てる……っ！

ゼクードの精子が、わたくしの中に……っ！

ローエは大人しくゼクードの中出しをしっかりと受け止めた。

子宮口にビチャリと掛かり、ねっとりと溜まっていく精液。

疼いて疼いて精液を待っていた子宮が反応し、膣内に溜まっていく精液をグポッ！　ギュプッ！　ゴギュッ！　と震えながら力強く吸い上げていく。

溜まっていく熱が、奥のさらに奥へと移動していくのをお腹の下でハッキリと感じた。

あぁ……あたたかいですわ……

これが……これが中出しですのね……

気持ちいい……

温かい精液で満たされていく子宮を感じて、なんとも言えない満足感がローエ自身を包んでいく。

「はぁ……はぁ……ローエさん……」

「ゼクード……はぁ……はぁ……はぁ……」

呼吸が乱れ、整うまで二人は合体したまま休んだ。

ローエの子宮は今もゼクードの精液を受け入れ続けている。

子宮は優秀な遺伝子を残そうと精液を吸い上げ続ける。

ローエという強く健康で豊満な素晴らしい母体に染み渡るまで。

トクン……トクン……トク………

ゼクードの肉棒が精液を吐き出し切った。

しかし、当のゼクードはローエに抱きついたまま肉棒を抜こうとしなかった。

ゼクードは身体を痙攣させており、どうにも興奮が抜け切らない様子だった。

精液を吐き出したはずの肉棒がまだ硬いまま膣内でヒクついている。

先に落ち着いたローエは年上らしくゼクードを優しく抱擁してあげた。

「は……は……ローエ……さん……」

「ん……大丈夫ですわよゼクード……落ち着くまで、膣内《なか》に居ていいですわ……」

「は……は……はぁ……はぁ………」

ローエの母性溢れる抱擁と優しい香りに包まれたゼクードはゆっくりと落ち着いていった。

呼吸を整えたゼクードはローエから身体を離し、ゆっくりと肉棒を引き抜く。

「あ」と身体の一部を引き抜かれたような、そんな喪失感があった。

肉棒を引き抜かれたのに、ヘソの下辺りがまだ温かい。

ゼクードの精液の熱だろうか。

中に出されたのは若く濃厚で粘り気の強い精液だったらしい。

膣内から逆流してくる様子がない。

「ありがとうローエさん……凄く良かったです」

「うん……わたくしも気持ち良かったですわ……」

中にたっぷりと出されたお腹に手を這わせ、ローエは目を閉じて、中にある精液の存在をしっかりと感じた。

トクン……トクン……

やっぱり……熱を感じる。

あったかい……。

間違いなく子宮に溜まった精液の熱だ。

たくさん出されちゃった。

わたくし……中出しを……許してしまった。

……なにをやっているんだろう。

肉欲に負けて、中出しを許してしまうなんて。

あんなに大量に出されたのに膣を逆流してくる様子もない。

一滴も漏れてこない。

いま全部、ゼクードの精液が自分の中に入っている。

彼の身体の中で生成された精液が、自分の子宮の中に全部収まってる。

精液が漏れてこないのは子宮が全部吸い上げたからだろうか。

現に子宮の疼きは止まっている。

お腹いっぱいらしい。

たっぷりとゼクードの精液を飲んで満足したのだろう。

ローエを苦しめていた元凶が息を潜め、理性を取り戻したローエは急に怖くなってきてしまった。

本当にこのまま妊娠したらどうしよう。

ベッドで横たわりながら、今さらながらローエはそんな不安に駆られた。

「ローエさん」

「え？」

隣で寄り添うように寝そべったゼクードがローエを後ろから抱きしめてきた。

「このまま俺の二人目の妻になってくれませんか？」

二人目……やはりカティアはもう妻として決定しているということか。

分かっていたはずなのに、ローエの心はどこか沈んでいく。

「……」

「ローエさん……お願いです。中に出した責任も取りたいんです」

中出しを許し、妊娠のリスクを負った身としては、ゼクードのこの言葉は救いに感じた。

おかげで先ほどまで妊娠に恐怖していた心が、かなり楽になった。

だがハーレムの一員になるのだけは、まだ妥協できなかった。

「……ごめんなさい。少しだけ、考えさせて……」

彼のハーレムの夢を否定したかったが、やはり嫌われたくない気持ちが勝ってしまう。

今はこうやって答えを先延ばしにするしかなかった。

「わかりました。待っています。でも妊娠したらちゃんと言ってくださいね？　俺、絶対に責任は取りますから。必要なものは全部、俺が用意しますから」

「うん……ありがとう」

……あなたがわたくしだけを見てくれるなら、こんなに迷わなくて済むのに。

ハーレムの一人に甘んじるしかないのかしら……。

彼の夢が大家族な以上……避けられないのかしら……

子宮に溜まった熱を感じながら、ローエは小さく息を吐いた。

でも本当にこのまま妊娠してしまったら、覚悟を決めなければならない。

産まれてくる子供が最優先だ。

肉欲に負けて中出しを許した責任は取らなければならない。

ゼクードもちゃんと責任を取ろうとしてくれているのだし、割り切らなければいけない。

ゼクードの一番になりたいというのは、あくまでローエのワガママに過ぎないのだから。

たとえそれが真っ当な女の欲求だったとしても。
母親となる場合は子供が一番である。
……それに、たった一度の性交で妊娠するとは思えない。
きっと大丈夫だ。
自分に言い聞かせ、ローエはゼクードと同じベッドで眠った。
ゼクードのぬくもりを感じながら彼の胸で眠る。
そんなローエの体内ではゼクードの精子が卵子に到達していた。そして――
――ぴちょん……
十七歳ローエのお腹に新しい生命が宿った。

そして夕方になった。
ローエはゼクードのベッドの上で目を覚まし、ゆっくりと身を起こした。
夕日が窓から射し込み、外から民衆の雑談などの声が聞こえてくる。
あれ……わたくし……
ああ、あの後そのまま眠ってしまったんですわね。
覚醒した脳が早朝の記憶を思い出させ、ローエは隣で眠るゼクードを見た。
腕枕をしてくれている彼はまだ気持ち良さそうに眠っている。

彼の腕は逞しく、御世辞にも柔らかくはなかったが、その男らしい硬さはローエに絶対的な安心感を与えてくれた。

おかげで深く良質な睡眠を取ることができた。

驚くほど全身がスッキリしている。

こんなにも安心して眠ったのは、初めてかもしれない……。

ゼクードを眺めながらローエはそう思った。

すると彼も目を覚ましてきた。

「……ぁ、ローエさん。おはようございます」

「あら、もう夕方ですわよ？」

「え？　あ、本当だ……」

「ふふ」

笑ったローエはゼクードの頬に優しくキスをして、そのままベッドから降りた。

インナーを着て、鎧らを装備していく。

「あれ？　ローエさんもしかして帰るんですか？」

「ごめんなさいゼクード。今日は家に何も伝えてないの。遅くなると心配させてしまいますわ」

「そうですか……」

「そんな顔なさらないで。明日また会いに来ますわよ」

「いえ、なら俺がローエさんに会いに行きますよ」

「え？」

「妊娠した時のために、もうご両親に挨拶をしておいた方がいいでしょう？　顔を知ってもらわないと」

「ゼクード……」

「明日すぐ……は無理か。学校だし。明後日の昼に身なりを整えて挨拶に行きます」

「わかりましたわ。では明日はいつも通りで良いんですのね？」

「はい。それでお願いします」

「了解ですわ」

長い金髪を手でフワリと撫でて整えてたローエは、壁に立て掛けておいたハンマーを取り背に担いだ。

ゼクードが見送りにベッドから立ち上がってきたので、玄関まで共に歩き、別れのキスをしてローエは外に出た。

澄んだ外の空気は美味しく、ローエは思わず深呼吸する。

夕日に染まる空を見上げ、少し違和感を感じるヘソの下を撫でた。

クチュクチュとした違和感を感じる。

しかしそれもゼクードから貰ったものだと思えば不快感はない。

そこを撫でながらローエは自宅を目指す。

ローエは上機嫌な足取りだった。
ゼクードがもう先のことを考えてくれていたことが凄く嬉しかったからだ。

第四章　【襲撃】

翌日の朝。

狩猟区を遥かに越えた先。

点々と木々がある草原でソイツらはいた。

「あ、あれは……！」

エルガンディ王国の【偵察騎士隊】の隊長が、目の当たりにした光景に息を呑んだ。

ドラゴンの群れである。

それも百を越えるかもしれない大群だ。

ドラゴンがこれほどまでに大規模な群れを成すなんて初めてだ。

「隊長……いったいこれは？」

共に草木に紛れて身を隠している三人の部下。

その一人が聞いてくる。

「わからん。確かに最近は群れで行動することが多くなっていると聞いてはいたが……」

これはどう見ても異常だ。

ドラゴンは同レベルの相手には絶対に従わない。

番でもない限り。

他に可能性があるなら、やはり――

「――S級ドラゴンが近くまで来ているのかもしれん」

呟くと、部下達も息を呑む気配を見せた。

その時だった。

大地が僅かに揺れたのだ。

その地鳴りの原因はすぐに判明した。

「た、隊長！」

「あれを！」

「ああ、見えている」

望遠鏡で見えたそいつは、ドラゴンの群れの奥から現れた。

そいつは青い竜鱗を覆ったドラゴンだった。

やつは背に刺々しい氷柱を無数に逆立たせている。

さらに頭部・爪・尻尾を氷で纏わせ、冷気を発しているのか白い霧まで発生している。

大きさはまさに巨大で、軽く十メートル以上はある。

体高が十メートル以上なら全長は三十メートル以上だ。

A級ドラゴンの三メートルが可愛く見える。

「奴が最近発見された四体の内の一体か」

「そのようです。なんて巨大な……」

するとそのＳ級ドラゴンは群れのど真ん中で咆哮する。

その咆哮は大地を揺らし、風を斬り、隊長と部下たちの耳を痺れさせた。

「ぐっ！」

「なんて咆哮だ！　この距離で！」

耳を塞ぐ部下たち。

咆哮が止むのを見てから、隊長は耳を解放して告げる。

「偵察は終了だ。風向きが変わる前に帰還するぞ！」

「了解！」

踵を返してその地域を離脱していく【偵察騎士隊】。

しかしその間際に隊長は見た。

Ｓ級ドラゴンが群れを率いて草原を進軍し始めたのだ。

その方向は！

「あいつらまさかエルガンディへ!?」

隊長の声に反応して他の部下たちも群れの進軍方向を確認した。

間もなくして部下たちも顔を青くする。

「あの方向は！」

「まずいですよ隊長！」

「わかってる！　みんな急いで馬に乗れ！」

遠くで待機させていた馬に乗馬し、隊長と部下たちはドラゴン達よりも先にエルガンディへ向かった。

一刻も早く報告せねば！

【エルガンディ王国】が危ない！


嫌な予感というのは、何かしらの予兆があるものだ。

それを今日は朝から『風』で感じていた。

国王は詩人ではないが、何か今日の風はざわついている。

そう表現したくなるほど嫌な風だった。

「国王さま！　大変です！」

予感の的中を知らせるように、ここ『謁見の間』に声が響いた。

血相を変えてやってきた彼らは『偵察騎士隊』だ。

「どうした？」

「はっ！　S級と思わしき大型のドラゴンが百を超えるA級を率いてここ【エルガンディ王国】に向かっています！」

「なんだと!?」

「間違いありません！　陛下！　どうかご指示を！」

『偵察騎士隊』の隊長の言葉に周囲にいた臣下たちがざわめき始めた。

「まずいぞ。フォレッド・フォルスがいないのに」

「英雄も無しに勝てるのか？」

そんな不安を募らせる言葉に国王は頭を抱えそうになった。

まだ彼らは英雄頼りが抜けきっていない様子だ。

「騒ぐな！　この日のために我々も準備をしていたのだぞ！」

国王はみなに思い出させるように大声で告げる。

それが功を奏し、臣下や騎士たちはざわめきを止めて国王に視線を集中させた。

「各領主へ伝令！　A級以上の騎士は強制出撃！　迎撃に参加させろ！」

「はっ！」

「S級ドラゴンにはクロイツァーとセルディス。そして【ドラゴンキラー隊】の四名を当てろ。S級ドラゴンに数は無意味だ。最高の騎士たちをぶつけるのだ！」

「了解しました！」

「よし！　みな武器を取れ！　我々だけでこの窮地を突破するぞ！」

「おおおおおおおおおお！」

臣下や騎士たちの士気が上がり、各部隊で迅速な行動が始まった。

この日のために、いつかゼクードの父フォレッドが言い残していた事を守ってきた。

騎士学校を作り、騎士の強化にも努めた。

そして今日という日を迎えた。

負けるはずはない。

舐めるなよドラゴンども。

一人の英雄に頼りきっていた過去の我々ではない！


ローエさんと繋がったその次の日に伝令が来た。

S級ドラゴンが大群を率いて【エルガンディ王国】に向かって来ているらしい。

俺は【フラム領騎士団】として参戦しろとのこと。

伝令を受けた俺は授業中だったがそれを中断し、フランベール先生と共に【第一城壁】まで急いだ。

そこにはすでにローエさんとカティアさんもいた。

本来ならば二人は【ルージ領】と【マクシア領】の騎士団の元へ参戦するのだが、今の二人は俺の部下であり【ドラゴンキラー隊】というフラム領直属の部隊だからここにいる。

他の味方には王国騎士たちがいて、彼らは慌ただしくバリスタや大砲などの準備をしている。

この現場のピリピリした空気がようやく俺に現実味を与えてくれた。

本当に来るんだ。

あのＳ級ドラゴンが。

「ゼクード隊長！　先生！　待っていましたわ」

「ローエさん。ドラゴンの群れはどのくらいに現れるか分かりますか？」

「正確には分かりませんわ。でも偵察の方から聞いた話では、もう一時間以内には来ると」

「思ったより余裕はありますね」

俺は胸壁から草原を眺める。

あと一時間以内にこの青空の下は戦場になる。

未知なる力を持ち、あの父を帰らぬ人にしたＳ級ドラゴンと。さすがの俺も身体が震えた。

「まさか群れを率いてやって来るとはな」

カティアさんが言うとローエさんが頷く。

「ええ。しかも百を超える大群らしいですわ」

百を超える大群か……そんな大群と戦ったことなんてない。さすがに不安を覚えてしまう。

「それだけの数が相手だと、わたしたち四人だけじゃ相手にできないわ。味方の騎士さんたちとしっかり足並みを揃えて戦いましょう」

フランベール先生の言葉に俺は「そうですね」と相づちを打った。こっちにも味方はたくさんいるんだ。

そう簡単に負けはしない。

「ゼクード隊長」

聞き慣れない男性の声に呼ばれ、俺はその声の主に視線をやった。

赤い鎧を身に纏った男性がそこにいた。

鎧は将軍用の物であり、彼がこの【フラム領】の騎士団群を指揮・統率する偉い人だとすぐにわかった。

俺はすぐさま敬礼し、後ろのローエさんたちも倣って敬礼した。

「私はこの【フラム領騎士団】の指揮を任された者です。よろしくお願い致します」

「こちらこそよろしくお願いします」

俺は失礼のないようにそう返した。

【フラム領騎士団】はそのフラム領内にある各領主とその領主の所持する部隊を総まとめにした名称である。

その数千人もいる騎士団を指揮するこの将軍はきっとフランベール先生の父上のはずだ。でなければおかしい。

【フラム領】は元は【フォルス領】だった。

父フォレッドの戦死と共に領主はフランベール先生の父上になった。

本来なら息子である俺が引き継ぐはずだったが、さすがに五歳の俺が領主などできるはずもなくフォルス領内で二番目の地位を誇るフラム家に譲渡されたのである。

「将軍。敵の正確な数は分かりますか？　本当にS級が百のA級を？」

俺が一番気になっていることを聞いた。

「ええ。今のところは。【偵察騎士隊】の報告でも百のA級と一体のS級としか聞かされていません。そこは間違いないでしょう」

「そうですか……」

相手の数は百と少し。

対するこちらは、

【フラム領騎士団】。

【ルージ領騎士団】。

【マクシア領騎士団】。

約三千人の戦力だ。

数では圧倒的に有利。

大袈裟な戦力だと思うだろうが、S級ドラゴンに対して数はまったく意味をなさない。

A級騎士ではS級ドラゴンに傷を負わせることもできないのだ。

つまり戦力にならない。

今ここにいる戦力でS級ドラゴンと戦えるのは俺とローエさんとカティアさんとフランベール先生。

そしてクロイツァー様とセルディス様だけだ。

三千人もいて、S級ドラゴンと正面から戦えるのがたったの六人しかいない。

それを知っている将軍は口を開いてきた。

「開戦直後はこの城壁上にあるバリスタ・大砲そして魔法騎士たちの遠距離攻撃による支援で数を削ります。できるだけ数を減らしたらあなた方の出番です。S級ドラゴンに接近して討伐してください」

「了解です」

俺が返事をした直後、他の場所で一人の騎士が叫んだ。

「来たぞ！　ドラゴンの群れだ！」

もう現れたのか！

一時間どころではなかった。

とても早い進軍である。

「あ、あれがS級!?　三体もいるぞ！」

三体!?

耳を疑った俺は胸壁から顔を出した。

遠くに見えるA級ドラゴンの群れ。

その中にはひときわ大きい青いドラゴンがいた。

群れの最後尾にいるドラゴン。

青い鱗と背中に氷山を乗せたような四つん這いの化け物だ。まったく同じ個体が三体もいる。

悪夢かこれは！

「報告と違うぞ！　どうなってる！」

将軍が近くの騎士に問うが、その騎士は「わかりません！」と首を振った。

「発見された四体の内の三体がエルガンディに来たってことか！　クソ！」

カティアさんが言いながら舌打ちをした。

「い、一体でも危険なのに三体も同時にですの!?」

ローエさんもいきなりの事態に動揺を隠せないでいる。

「A級ドラゴンの数も多いわ！　百じゃない。三百はいる！」

フランベール先生が焦りを滲ませた声で言った。

これで敵の数はすべて報告の三倍になった。

そのせいで味方の士気が下がり始めた。

俺はなんとか声を掛けて士気を回復させてやらねばと焦ったが、なんと言えばいいか分からなかった。

こんなところで隊長としての経験不足が致命傷になった。

しかし将軍は違った。

「うろたえるな！　全員！　配置につけえええ！」

総司令の怒声に俺を含めた騎士たち全員がハッとなった。

畏怖から正気に戻った俺たちはすぐに動いた。

胸壁に設置されたバリスタや大砲などに各騎士たちが付く。

さらに魔法騎士たちも胸壁に並び立ち、魔法の発射態勢に入った。

ドラゴン達が射程圏内に入るまで、みなが総司令の合図を待ちながら待機。

ドラゴンの大軍と距離が近づくにつれ地鳴りが大きくなっていく。

まるで死が近づいているような恐怖を覚えさせる地鳴りで、さすがの俺も生唾を飲んだ。

そしてついにドラゴンの大軍が射程圏内に侵入し、総司令が片手を上げた。

一時の沈黙の後、総司令は上げていた片手を前に突き出した。

「撃てぇ――っ！」

号令が弾け、バリスタや大砲らが一斉に爆音を響かせ発射される。

魔法騎士隊も炎の奔流《ほんりゅう》【プロミネンス】と、巨大な氷結晶を空から降らせる【アイスレイン】を発動。

どちらも【炎】【氷】の最高レベルの魔法である。

【第一城壁】からの一斉射撃。

それらの弾雨に撃たれたドラゴン達は何匹と吹き飛んで、それでも構わず前進してくる。

バラけているせいでまだ効果が薄いのだろう。

でも少なからず効いているはずだ。

何匹かのドラゴンが火球で反撃してくるも、その程度のものが城壁に通ずるはずもなく、城壁を黒く焦がすだけだった。

バリスタや大砲は撃ち続け、魔法騎士隊は別の魔法騎士隊と交代し、またも【プロミネンス】と【アイスレイン】を放つ。

最高レベルの魔法は強力だが体力を大きく消耗するという欠点がある。

俺たちのような前線で暴れる騎士たちがあまり魔法を使わないのはこのためだ。

魔法で体力を消耗し、動けなくなったら死あるのみ。

だから【魔法騎士】という魔法専門の騎士もこうして存在しているのだ。

「将軍！　S級ドラゴンに動きがあります！」

「なんだと？」

味方の一人が叫び、俺は将軍と共に大群の奥に潜むS級ドラゴンを見た。

奴らの【氷の背ビレ】が光っている。

何をする気だ？

まだ数十メートル以上も離れたこの距離でいったい。

S級ドラゴンは身体を痙攣させたかと思うと、氷の背ビレを発射してきた！

それも一発や二発ではない。

立て続けに何十発もだ！

「な！」

俺は次に起こる惨劇をイメージし、全身から汗が吹き出す。

それはたぶん、この場にいるローエさん達や将軍たちも同じはず。

空へと打ち出された何十発もの氷山は天を折り返し、ここ【エルガンディ王国】に降り注ぐ！

「みんな逃げろおおおおおおおお！」

将軍は叫んでいた。

しかし時はすでに遅く、天から舞い降りた氷の背ビレは【第一城壁】の胸壁に直撃し、何人かの騎士を踏み潰してこの場を激震させた。三メートル以上もある氷塊が落ちてくる感じだった。

悲鳴を上げる味方たち。

激しい城壁の揺れに足を取られる俺やローエさんたち。

無情に降り注ぐ残りの氷の背ビレ群。

それらは【第一城壁】だけにとどまらず【第二城壁】にまで被害をもたらし、さらにはその奥の街中にまで降り注いだ。

とんでもない遠距離攻撃だった。

俺は揺れる胸壁から何とか顔を出してS級ドラゴンを見た。

すると奴らはすでに大口を開けて、次の攻撃の準備をしていた。奴の喉の奥が銀色に光っている。

何かを溜めている！

まさか、未だ【氷の背ビレ】が降り注ぐこの状況でのブレス攻撃か!?

俺の予想は的中し、S級ドラゴンはブレスを発射。

それは白銀に輝く細い光線だった。

弾速はA級ドラゴンの火球を遥かに超え、一瞬のうちに【第一城壁】の城門に直撃する。

それはドラゴンの攻撃にも耐えうる厚い城門を一撃でヘコませた。

「嘘だろ……あの堅い城門が！」

「これがS級か……化け物め！　うわっ！」

さらなる激震にカティアさんも俺も足を取られた。

「っ！　いけない！　A級が街に近づいてるわ！」

フランベール先生の叫びで俺は下の状況に気づいた。

A級ドラゴンが降り注ぐ氷山やブレスの支援を受けて一気に攻めてきていた。

奴らはS級ドラゴンが破壊しようとしている城門へ向かっていた。

最高の餌場である街に向かって突き進んでくる。

その光景を見た俺は一瞬だけグリータやクラスメイトたちの姿が脳裏に浮かんだ。

やばい！

あいつらを止めないと街のみんなが！

俺は焦って立ち上がろうとした。

だが、それをさせまいと氷の背ビレがまた降り注ぐ。

「ぐあっ！　くそっ！」

良く見ればS級ドラゴンはあそこから一歩も動かず、ひたすら氷山を乱射している。

しかもそれを護衛するかのように数匹のA級ドラゴンが取り巻きにいた。

なんなんだアイツら……

本当にドラゴンなのか？

あまりにも組織的な動きをしてくる。

あそこから延々と【背ビレ】と【ブレス】を撃ってくるなんて、アイツら頭いいぞ。

このままじゃダメだ！

突破口を開かねば！

「将軍！　俺たちは突貫します！　みんな行くぞ！　城壁を降りて敵を殲滅する！」

「了解！」とローエさんたちは俺に従い、すぐに胸壁から垂らされている緊急離脱用のロープで城壁を蹴り降りた。

「動ける者は第二城壁の死守！　半数は【ドラゴンキラー隊】の援護に回れ！」

将軍の号令に生き残りの騎士たちが「了解！」と力の限り叫んだ。


S級ドラゴンの遠距離攻撃【氷の背ビレ】はグリータたちのいる騎士学校にも被害を及ぼしていた。

「う……つぅ！」

グリータはいつの間にか倒れて頭を打っていた。

【一年一組】の教室がいきなり激震したかと思うと、氷塊が壁をぶち破ってきたのだ。

そこまでは覚えてる。

一瞬の出来事で何が起きたのかまだ分かってないが。

「な、何なんだよこれ……」

いきなり飛んできた氷の塊。

それは冷気を発して教室の床を白い霧で覆う。

ふらつく身体を何とか立たせて氷塊を見ていると、他のクラスメイトたちも立ち上がってきた。

「で、でけぇ氷だ……なんでこんなもんが飛んで？」

「S級ドラゴンの攻撃、なのか？」

「うそだろ⁉　どんな遠距離だよ！　S級ドラゴンはまだ城壁の外にいるんだろ⁉」

半壊した教室内でクラスメイトたちが騒ぎ出す。

しかし、その最中にも氷塊の雨が次から次へと降り注ぎ、街に甚大な被害をもたらしていた。

ここからでも聴こえる街の人たちの悲鳴が耳朶を打つ。

壊れた窓から外を覗けば、氷塊によって潰れた家は数多く窺えた。

その潰れた家の下敷きになっているお年寄りや、子供を連れて必死に逃げている女の人までいる。

そこには他の騎士たちが必死に救難作業をしていた。

「み、みんな！　学校を出て街へ行こう！」

グリータが言うと、クラスメイトたちが「え？」となった。

「他の騎士たちが救難作業してる！　おれたちも手伝おう！」

「お、おう！」

「わかった！」

クラスメイトたちがグリータに同意して動こうとしたとき、また氷塊が騎士学校に直撃したらしく大きく揺れた。

「うわあああ！」

「イッテェ！」

グリータもクラスメイトたちも揺れに耐えられずに転倒した。

「お、おい！　これ本当に大丈夫なのかよ！」

「わかんねぇよ！」

「ゼクードはなにやってんだ!?」

「知るか！　てかアイツ無事なのかよ！」

「喚くなよ！　フランベール先生も戦ってんだぞ！」

いつ死ぬか分からないこの状況に、ついに怒鳴り出すクラスメイトたち。

かの英雄でさえ相討ちになったS級ドラゴンだ。

人間が敵う相手なのだろうか？

そんな胸の奥に湧き起こる不安を圧し殺し、グリータは念じた。

ゼクード……

フランベール先生……

どうか無事で！

「A級騎士は二騎以上で敵に当たれ！　奴らをこれ以上王国に近づけるな！」

そんな将軍の指示を耳にしながら、俺は【第一城壁】を先に降りて地上についた。

そして近くのA級ドラゴンたちを斬り伏せていく。

ローエさんたちや他のA級騎士たちも城壁を降りてきて俺に加勢し始めた。

飛来する火球群を避けて俺は大群に斬り込んでいく。

急がないと。

S級ドラゴンに二発目のブレスを撃たせてはならない！

【第一城壁】の城門が破壊されたら、次は【第二城壁】。

そして最後はいよいよ街へ直撃してしまう。

あんな威力のものが街に届いたら、それこそ最悪な被害が出るだろう。

すでに【氷の背ビレ】で被害も出ている。

グリータたちが心配だ。

早く奴らを止めないと！

大切な友達を失うかもしれない恐怖は、Ｓ級ドラゴンへ立ち向かう恐怖を優に超えた。

おかげで踏み込みが強くなった。

グリータたちをやらせるか！

「Ｓ級ドラゴンに張り付く！　みんな援護してくれ！」

火球の爆音に負けまいと大声を張り上げた俺は、ローエさんたちの「了解！」という言葉をしっかり聞いた。

意を決して駆け出し、飛び掛かってくるＡ級ドラゴンの爪を躱《かわ》した。

そのまま剥き出しの首を両断して前進する。

目前にいたＡ級ドラゴンが俺に火球を撃とうとしていたが、そこをローエさんが割り込み、ハンマーによって顎を叩いて暴発させる。

自爆して怯んだＡ級ドラゴンをローエさんは流れるような連撃で一気に叩き潰した。

ローエさんのアシストに感謝しつつ俺は走った。

Ｓ級ドラゴンまでもうすぐ！

すると今度は二体のＡ級ドラゴンが左右から強襲！

だがそれに備えていたらしいフランベール先生とカティアさんが援護してくれた。

左の敵をカティアさんがランスで穿《うが》ち、右の敵はフランベール先生が狙撃した。

やはり頼りになる部下たちである。

他の味方も俺がドラゴンに囲まれないよう左右に部隊を展開してくれている。

気の利いた陣形だ。助かる。

【第一城壁】からは破損してないバリスタや大砲の援護射撃が再開された。

流れがこちらに向いてきたかと思った矢先に二発目のブレスが発射された。

溜めに溜めたらしい白銀のブレスはついに【第一城壁】の城門を破壊した。

【第二城壁】の城門が露出し、そこを狙ってまたS級ドラゴンがブレスを溜め始めた。

くそ！

一刻も早くS級ドラゴンに張り付く！

俺はS級ドラゴンを守って群がるA級ドラゴンをひたすら斬り伏せていった。

おそらく討伐速度は俺が一番速いだろう。

その光景をあのS級ドラゴンに見せつける！

見せつけて思い知らせる！

お前たちにとって一番危険な敵は俺だということを！

さぁ来い！

俺を狙え！

俺の思惑はS級ドラゴンに届いたらしく、奴は大口開けて大咆哮を発した。

それは鼓膜が破れそうなほどの大音量で、またそれによって生じた衝撃波も凄まじかった。

味方たちが耳を塞ぎ、衝撃波によってぶっ飛んでいく。

俺も耳を塞いでそのまま吹き飛ばされた。

とんでもない咆哮の風圧だ。

踏ん張り切れない。

倒れながらローエさんやフランベール先生たちの状態を一瞥すると、みんな耳を塞ぎ苦痛の表情を浮かべているのが確認できた。

「くそ！　なんて咆哮だ！」

「くぅ！　鼓膜が破れそうですわ！」

カティアさんとローエさんが苦痛の表情で言った。

二人とも衝撃波より耳のダメージの方がキツそうだ。

「ゼクードくん！　狙われてるわよ！」

突如弾けたフランベール先生の叫びにハッとなり、前を向く。火球の乱れ撃ちが俺に向かって飛来していた。

「ちっ！」

慌ててその全てを斬り伏せるも、A級ドラゴンたちは俺に狙いを絞って火球を乱射してくる。

どうやら先ほどのS級ドラゴンの咆哮はA級ドラゴンに対する指示だったようだ。

くそ！　A級を釣ってしまったか！

できればS級を釣りたかったが仕方ない。

作戦変更だ！

「みんな！　俺はこのままA級ドラゴンを連れ回す！　三人はS級ドラゴンを叩け！」

「な！　正気か隊長！　何匹いると思ってるんだ！」

カティアさんに言われるが俺も即答した。

「一人でやるわけないだろ！　味方と連携する！　早く行ってくれ！　S級ドラゴンにブレスを撃たせるな！」

真剣な声音で言い、カティアさんは「了解！」と返した。

そしてローエさん・フランベール先生を連れてS級ドラゴンに接近する。

俺はA級ドラゴンたちが向かってくるのを利用し味方のいる方角へ誘導した。

相変わらず火球による弾幕が激しい。

バリスタや大砲の援護を受けられる距離を保ち、A級騎士たちの支援も受ければなんとかなるはず！

できるだけ早く全滅させ、ローエたちの加勢に向かわねば！


我が隊長であるゼクードを狙って、大量のA級ドラゴンが激進していく。

なんて賢いドラゴンたちだろうと、ローエはそう思った。

この群れを指揮しているらしいあのS級ドラゴンは先ほどの大咆哮でA級ドラゴンに指示を出したみたいだ。

あの大咆哮のあとA級ドラゴンたちが揃ってゼクードを狙い始めたのだから間違いない。

ゼクードはA級ドラゴンをそれこそ凄まじい速度で倒していたから、S級ドラゴンに危険だと判断されたのだろう。

敵ながら賢明な判断だ。

そのような【判断】が出来て【指示】を出せるS級ドラゴンはやはり並のドラゴンを遥かに凌駕している。

知恵でも戦闘力でも。

「ゼクード……」

疾走しながら我知らず呟いたローエは、大量のA級ドラゴンに追われるゼクードを見た。

足の速いゼクードだから追い付かれることはないだろうが心配である。

しかしその心配とは裏腹にゼクードは味方のA級騎士たちと合流し、反撃を開始した。

その光景をしっかり見たローエは心の底から安堵する。

「来るぞ！」

刹那に響いたカティアの声。

迫りくる殺気を感知し、ローエはS級ドラゴンを見据えた。

大口を開けたS級ドラゴンが溜め無しの白銀ブレスをローエに撃って来た。

「くっ！」

その弾速は一瞬で、ローエの反応でもギリギリだった。

地面に着弾した白銀のブレスは大爆発を起こす。

「あっ！」

せっかく避けたローエだったが、背中にその爆風を浴びて前に転倒する。

瞬時に受け身を取って立て直すローエだが、S級ドラゴンがすでに目前まで迫って来ていた。

は、速い！

その巨体に似合わぬとんでもない速度だ。

肉薄したS級ドラゴンは氷に覆われた爪をローエに振り抜く。

その振りも恐ろしく速いがローエは爪と爪の間を狙って飛び、それを何とか回避する。

爪を空振りさせたS級ドラゴンにローエはハンマーを握りしめ、もう片方の爪を狙って疾走。

もともとS級ドラゴンの爪はローエの目的でもある。

破壊して頂くまで！

「隙ありですわ！」

ローエが吼える。

しかしそれは逆だった！

S級ドラゴンは空振りした勢いをそのまま活かして全身を一回転させた。そして遠心力をつけた尻尾をローエに向かって薙ぎ払おうとする！

それは突進中のローエにはもはや避けられない。

まさかの二段構えの攻撃だった。

やられる！　と直感して全身を強張らせたそのとき。

「ローエッ！」

叫びながら駆けつけてきたのはカティアだった。

彼女はローエの無防備になっている脇に割り込み、薙ぎ払われてくる尻尾を大盾で受け止めた。

「ぐっ！」

「カティアさん！　きゃあっ！」

「うわあああ！」

薙ぎ払われた尻尾の威力があまりにも大きすぎた。

カティアはローエを巻き込んで吹き飛び、二人揃って地面を転がった。


「ローエさん！　カティアさん！」

仲間がやられてフランベールは思わず叫んでいた。

S級ドラゴンの尻尾をくらって吹き飛ばされたローエとカティアは倒れて動かない。

気絶したのか、それとも――

「はっ!?」

フランベールは自分の周りが暗くなっていることに気づいた。

S級ドラゴンの姿も消えている。

「――っ！」

上だと気づいて咄嗟に大きくバックステップをした。

落下と同時に振り下ろされたS級ドラゴンの爪はフランベールの胸をギリギリ掠《かす》った。

避けられた爪は凄まじい膂力で地面を大きく抉る。

あと少し反応が遅れたら真っ二つにされていた。

フランベールはS級ドラゴンから少し距離をとり、すぐさま大弓による【アイスアロー】を敵の頭部に叩き込む。

しかし【アイスアロー】は氷に覆われた頭部を貫通できず、すべて弾かれてしまった。

「硬いわね。なら！」

剥き出しの腹部を狙うが、それよりも先に白銀のブレスが飛んできた。

「うっ！」

身を捻って回避し、やはり地面に着弾したブレスは大爆発を起こす。

爆風に押されて体勢を崩したが、フランベールは浮いた身体のまま大弓を構えて【アイスアロー】をS級ドラゴンの腹部に撃ち込んだ。

氷に覆われていない腹部ならばダメージも通ると思っていた。

しかし甘かった。

【アイスアロー】は簡単に弾かれてしまった。

「そんなっ!?」

素の肉質が恐ろしく硬いのかもしれない。

浮いていた身体を地面に着地させ、フランベールは急ぎ距離をとる。

真上から降り注ぎ始めた【氷の背ビレ】を回避しつつ、高速で飛んでくる白銀ブレスをも何とか凌ぐ。

そしてフランベールは大弓で応戦を続けた。

どこを狙っても弾かれる【アイスアロー】に、フランベールは胸の奥が絶望に染まる感覚を覚えた。

わたしじゃ……勝てないの!?


「く、ローエ、大丈夫か？」

ふらつきながら立ち上がるカティアに呼ばれた。

「え、ええ、なんとか……」

ローエも痛む全身を何とか立たせる。

「すまん、奴の攻撃を受け切れなかった」

「いいえ。助かりましたわ。本当にありがとう」

あの尻尾の薙ぎ払い。

直撃していれば死んでいた。

確かに吹き飛ばされたダメージは大きい。

頭がクラクラするし、全身の骨が軋んで痛い。

でもカティアのおかげでその程度で済んだのだ。

やはりカティアは馬こそ合わないが頼りになる存在だ。

「それより、S級ドラゴンは……」

言ってS級ドラゴンのいる方を見ると、フランベール先生がたった一人で敵と交戦しているのが見えた。

氷山やブレスを回避しつつ【アイスアロー】を叩き込んでいるがまるで効いていない様子である。

「なんて奴だ。どの部位に当てても弾かれている」

「行きましょうカティアさん！　先生に加勢しますわ！」

「ああ！　奴の攻撃は強力だ。回避に重点を置いていくぞ！」

「了解ですわ！」

ローエとカティアは武器をとり、S級ドラゴンと交戦するフランベールの元へ急いだ。


どこを撃っても【アイスアロー】が弾かれる。

S級ドラゴンのあまりに硬い肉質にフランベールは手こずっていた。

「いったいどこが弱点なの……わっ！」

尻尾の薙ぎ払いをかわし、間髪入れず爪による引き裂き攻撃がきた！

それすらも回避し、フランベールは大弓を納めて【アイスソード】を召喚する。

そのままS級ドラゴンの懐に飛び込み、ありったけの力で腹部を斬りつけた。

「はあっ！」

パキィンと二刀の【アイスソード】が折れる。

「くっ！」

それでもまだ大弓を取り出し、ゼロ距離による【アイスアロー・ショット】をぶっ放す！

炸裂した氷の散弾はA級ドラゴンの頭部・腹部ならば軽く吹き飛ばすほどの威力を誇る。

フランベールの持つ最高火力の攻撃なのだが。

「そんな……！」

S級ドラゴンの腹部には一切の傷を付けられていなかった。

これでもダメならいったいどうすれば!?

考える間もなくS級ドラゴンが素早く一歩後ろへ下がった。間合いを調整したようだ。

前方にフランベールに噛みつき攻撃を繰り出す。

予測していたフランベールはそれを躱して飛んだ。

「このっ！」

大弓を引き絞り、氷に覆われたS級ドラゴンの頭部へ【アイスアロー・ショット】を叩き込む！

拡散し切る前に全弾頭部に命中する！

ピシッ！

僅かだが氷に亀裂が入った。

するとS級ドラゴンは驚いたのか大きく後退してみせる。

氷にヒビが入っただけであんなに下がった？

あの頭部を覆った氷には何かあるの？

まさか……

「フランベール先生！」

声と共に駆け付けてきたのはローエとカティアだった。

「二人とも！　良かった無事だったのね！」

「ご心配を御掛けしましたわ！」

「もうヘマはしません。回避重視に立ち回ります！」

「うん！　回避重視で！　あのね！　カティアさんとローエさんにも狙ってほしい部位がある
──っわ！」

白銀ブレスが三人を狙って飛来した。

反応したフランベールとローエたちは散開する。

地面を抉って大爆発を起こす白銀ブレス。

爆音が鳴り止むのを見計らってフランベールは声を張り上げた。

「ローエさん！　カティアさん！　あいつの頭部を覆っている氷を狙って！　破壊するわ！」

「了解！」

「了解ですわ！」

降り注ぐ氷塊を避けながらカティアとローエは迷わず返答してくれた。

なぜその部位を狙うのか？

という理由は聞いてこない。

そんな暇も隙もないほどＳ級ドラゴンが猛攻に転じて来たからだ。

最初に狙ってきたのはカティアだった。

彼女に飛び掛かってきたＳ級ドラゴンは爪を振りかざす。

カティアは炎魔法【エクスプロード】でランスの先端で爆発を起こす。その起爆を利用して横へスライドし、爪の回避を決めた。

ドン！　ドドン！　とリズミックに【エクスプロード】の爆発を使ってスライドからの急旋回を決める。

そのままＳ級ドラゴンの爪をすり抜けて肉薄し、氷に覆われた頭部をランスで突く！

フランベールが付けた亀裂を狙ってカティアは突いた。

追撃の如く爆発を起こしてさらなる衝撃を重ねる。

ビシッ！　ビキキッ！

カティアの攻撃を食らった氷は亀裂を大きく広げた。

それがきっかけでまたS級ドラゴンは大きく後退する。

間違いない。

やつは氷の破壊を恐れている。

あの氷の内側は肉質が柔らかいのかもしれない。

だからわざわざ氷で防御しているのかも。

反撃できる可能性が見えてきた。

「逃がしませんわよ！」

後退したS級ドラゴンを追撃したのはローエだった。

S級ドラゴンはそれを待ってたかのように【氷の背ビレ】を発射！

三メートルある巨大な氷塊がローエに迫る。

しかしローエは笑った。

それこそ待っていたと言わんばかりに。

「本気で行きますわよ！」

ドシッと地に足をつけハンマーを握る手に力を込める。

迫りくる氷塊にタイミングを合わせ、ローエはハンマーを全力でフルスイング！

バキィインと派手な轟音を響かせ、ローエは自分の倍以上もある氷塊をS級ドラゴンに打ち返した。

打ち返した先はもちろんS級ドラゴンの頭部。

氷塊が頭部に直撃し、そこを覆っていた氷をついに破壊する。

果たして、S級ドラゴンの瞳と顔が露出した。

さらにダメージはそれだけではなかった。

氷塊による頭部への衝撃はかなり重かったようで、S級ドラゴンは目眩を起こしてフラつき始めた。

「今ね！　そこっ！」

この好機を逃すまいとフランベールは限界まで引き絞った最大パワーの【アイスアロー】を撃ち込む。

鋭い大矢の如く、それはS級ドラゴンの左目に直撃して竜血を撒き散らした。

S級ドラゴンは悲鳴を上げるように吠えた。

「いいぞ！　効いている！」

カティアが歓喜の声を上げた。

ようやくダメージらしいダメージを与えられた。

フランベールは続けて攻撃し、敵の頭部に【アイスアロー】を数発叩き込む。

案の定、頭部には【アイスアロー】が突き刺さった。

やはり肉質が柔らかい。

ここを狙い続けて攻撃すれば！

刹那、S級ドラゴンが怒りの大咆哮を発した。

至近距離にいたカティアとローエは衝撃波によって吹き飛ばされる。

「うわあああああああああああっ！」

「きゃあああああああああああっ！」

悲鳴を上げて吹き飛んでいく二人。

フランベールは少し距離があったから衝撃波にはギリギリ耐えられた。

しかしあまりの大音量に鼓膜が破れそうだ。

なんとか耳を塞ぎながらS級ドラゴンを見やると。

そこには――

「うそ……」

絶望的な光景があった。

S級ドラゴンは氷を再生させていた。

それだけならまだいい。

今度の氷は顔だけでなく『全身』に纏わせていたのだ。

弱点である頭部の氷も先程より分厚くなっている。

やられた左目を閉じながら、右目を真っ赤に光らせ、怒りを滾らせている。

その眼光はまっすぐにフランベールへと向けられていた。

怒りが頂点に達したS級ドラゴンの殺気は、S級騎士であるフランベールを容易く戦慄させる。

こ、怖い……！

なんて、殺気なの……!?

「今までは本気じゃなかったって言うの……？」

全身を氷の鎧で固めたそれはまさに本気の戦闘態勢にしか見えない。

そしてそれは正しかった。

氷の鎧を纏ったことで動きが重くなったのかと思えば逆で、その動作に鋭い俊敏性が増していた。

四肢を唸らせ突進してくる。

さっきより断然速い！

「うっ！」と僅かに反応し切れなかったフランベールはS級ドラゴンの突進を掠ってしまう。

掠れただけでミスリル製の肩当てが吹き飛び、肩が外れそうになるほどの衝撃を受けた。

さらによろけたフランベールに襲い掛かったのは突風だった。

あのS級ドラゴンの巨体があれほどのスピードで横切れば突風が起こるのも当然。

ただでさえよろけていたフランベールはその突風に踊らされ、ついに転倒してしまう。

「うぐっ！」

倒れたフランベールを横切ったS級級ドラゴンは強靭な四肢を活かして空へ跳躍した。

空中で回転したかと思うと、S級ドラゴンは氷の爪を巨大化させて強襲する！

「！」

空から迫り来るS級ドラゴンの攻撃。

それを目にしたフランベールは避けられないと直感した。

まだフランベールの身体は地面に倒れたまま！

「先生ええええええ！」

ローエやカティアの叫びが聴こえた。

その叫びが逆に、自分はこれから死ぬんだと、本気で悟らせる。

――やだ……

まだ、まだ死にたくない……

まだわたし、ゼクードくんになにも……！

助けて――

「助けて！　ゼクードくん！」

死の恐怖に駆られ、フランベールはついに生徒の名前を叫んだ。

しかし敵の爪は止まらない。

死を覚悟した次の瞬間！

S級ドラゴンの片腕が吹き飛んだ。

「――え？」

何が起こったか分からなかったフランベールだったが、目の前を見てすぐに事態を理解した。

そこには片腕を無くしたS級ドラゴンと、漆黒の鎧を纏った一人の少年が長剣を構えて立っていた！


「おお！　彼は！」

【第一城壁】にてS級ドラゴンの戦いを見守っていた将軍が声を上げた。

【ドラゴンキラー隊】の隊長がついにS級ドラゴンと対峙する。

その光景は将軍だけでなく、周りの騎士たちにも生唾を飲ませた。

「将軍。戦況はどうか？」

突如聴こえた国王さまの声に、この場に居る皆が驚く。

「へ、陛下!?　ここは危険です！」

将軍が慌てて言うと国王さまは肩を竦めた。

「S級ドラゴンの攻撃は城にまで届いている。どこにいても危険に変わりはない。それよりどうだ？」

「は！　クロイツァー様とセルディス様がS級ドラゴンの撃破に成功。残りの一体は【ドラゴンキラー隊】が応戦中。フランベール・フラムが危ないところでしたがもう大丈夫でしょう」

「ん？」

「ご覧ください」

将軍は望遠鏡を国王さまに手渡した。

それを国王さまは覗き込む。

そこには百を超えるA級級ドラゴンの亡骸が地に伏せていた。

どうやらA級ドラゴンは全滅させたようだ。

そして生き残った騎士たちが前を見つめている。

国王もその先を見た。

最前線でS級ドラゴンと向き合う黒き鎧の少年。

「ゼクード・フォルスか」

「はい。たったいま彼はS級ドラゴンの腕を切り落としました。あの歳で大したものです」

将軍が感服したように言う。

そして国王もまたそれにには同意だった。

あの若さで本当に大したものだ。

頼むぞゼクード。

国王・将軍・味方の騎士たち。

その大勢に見守られる中、黒騎士ゼクードとS級ドラゴンの戦いが今始まろうとしていた。


S級ドラゴンと対面するその背中は間違いなくゼクードのものだった。

何度も見てきた彼の頼もしい背中。

それをフランベールが見間違えるはずもなく。

――あぁ、もう大丈夫だ。

ゼクードの背中を見つめながら、フランベールはふとそんな希望のような暖かい安心を感じた。

ちょっと前までは絶望しかなかったのに。

ゼクードが来てくれたことで一気に逆転した。

ゼクードはロングブレードを煌めかせ、いつでも攻撃・回避をおこなえる構えをとっている。

視線はＳ級ドラゴンから外さない。

「ゼクード！」と歓喜するローエとカティアの声が響き、フランベールも思わず「ゼクードくん！」と叫んでいた。

「先生は下がって！　あとは俺がやります！」

「うん！　ありがとう！」

彼の邪魔にはなりたくない。

急いで立ち上がり、フランベールは後方へ下がった。

その途中見つけた。

フランベールを貫くはずだったＳ級ドラゴンの爪が近くの地面に突き刺さっている。

氷・竜鱗・竜骨という三段層の肉質を見事に叩き斬っている。

自分やカティア・ローエたちではダメージを与えることすら困難だったのに。やはり彼は凄い。

ある程度まで下がるとフランベールは振り返った。

片手を失ったS級ドラゴンは、それでもそのままゼクードと対決しようとしている。

一番危険だと判断したゼクードを、片手を無くしたまま戦うつもりらしい。

互いに睨み合うこと数秒。

S級ドラゴンがついに動いた！

それは残った片腕による爪の振り抜き。

あまりにも速く、反応するのも大変だったそれをゼクードは容易く回避した。

そのとき思い出した。

これはローエとカティアがくらった爪からの尻尾攻撃という二段構えの攻撃！

「ゼクードくん！　それは二段構え――」

告げるのがあまりにも遅かった。

そして声を届けるにはあまりにも距離があった。

S級ドラゴンは身体の回転を活かしてそのままスピン。

撓《しな》る尻尾の薙ぎ払いに派生させゼクードを狙う。

その尻尾の薙ぎ払いはローエとカティアがくらったそれよりも遥かに速く、正直フランベールでも目で追えないほどだった。

二段構えの攻撃を知らないゼクードがこれに対処するのは不可能。
ゼクードくんがやられてしまう！
そう思ったのも束の間。
薙ぎ払われた尻尾は二段構えを見切っていたらしいゼクードが一刀両断した！
回避するのではなくぶった斬る！
切断された尻尾は天を舞い、Ｓ級ドラゴンは痛みに吼えて転倒した。
「おおおお！」と周りの仲間たちからの歓声が上がった。
もちろんローエやカティアたちもその中に混じる。
尻尾を切断され転倒したＳ級ドラゴンは震えながらもなんとかその巨体を起こした。
やつはゼクードを睨み、次の瞬間には白銀ブレスを放ってきた！
白銀の奔流はまっすぐゼクードに向かって飛んで行く。
そのブレスに対しゼクードは片手を前に突き出して唱えた。
「【ブラックホール】！」
彼の片手から黒い渦が発生し、飛来するブレスを飲み込み始めた。
あれは【闇魔法】！
ドラゴンのブレスを飲み込んで無力化した！
そうだった。ゼクードくんは【黒騎士《ダークナイト》】だったんだ。
まさかあんなに強力な白銀ブレスさえも吸収できるとは。

……でもあれを使うということは、ゼクードくんは短期決戦でいくつもりだろうか？
【ブラックホール】は【闇魔法】の上位魔法。
それ相応の体力を消耗する。
彼ほどの体力の持ち主なら長くは持つだろうが、それでもかなり持っていかれる。
心配だが、ゼクードくんが何も考えずに魔法を使うとは思えない。
次で仕留められる確信があるのだろう。
ならば彼を信じよう。
フランベールは内心でそう決意し、ゼクードを見守った。
ゼクードはS級ドラゴンのブレスを見事に吸収し、ニヤリと笑ってみせた。
「もらったぜ。お前の攻撃力！」
そんなゼクードにS級ドラゴンはまた一歩下がった。
心なしか怯え出している気さえする。
必殺のブレスを防がれ、あげく笑っている彼に畏怖したのかもしれない。
当のゼクードは片手をロングブレードに添える。
「【カオス・エンチャント】！」
唱えて刀身を撫でた。
ロングブレードは光を纏い始め、白銀に輝き始める。
ついに出た。

ゼクードくんが短期決戦を挑む時に使う【付加魔法《ふかまほう》】。

【闇属性】限定のこの【付加魔法】こそ【黒騎士】の真髄であろう。

【ブラックホール】で吸収したブレスを魔力に転換し、武器に付加することで切れ味を上げる。

ブレスの威力が高ければ高いほど切れ味も上がるのだ。

白銀ブレスは城門を一撃でヘコませるほどの威力。

その攻撃力が今、ゼクードの【竜斬り】に上乗せされた。

今のゼクードに断てないドラゴンはいない！

二つの上位魔法を使ったことでゼクードの体力はいまかなり削られたはず。

しかし彼自身はケロッとしている。

「これで終わらせてやる！」

刹那、ゼクードが消えた！

次の瞬間にはS級ドラゴンの片腕が！

両足が！　計三肢が吹き飛んだ！

S級ドラゴンの目がこれでもかと見開かれる。

攻撃は止まない。

氷の背ビレに何十もの切れ目が走り、間もなく破砕。

さらに一秒と待たずS級ドラゴンの首が吹き飛んだ！

その宙を舞った頭部にゼクードは最後の一閃をお見舞いする。

その頭部はゼクードを恨めしげに見据えていたが、すでに頭部そのものが真っ二つにされていた。

四肢を失った巨体は両断された頭部と共に地に伏した。

そこで血の海を作り、S級ドラゴンはあっけなく黒騎士の前で亡骸と化す。

あまりにも一瞬で、あまりにも凄絶で、この戦いを見守っていたフランベール・ローエ・カティア・他の仲間たちはみな呆然と立ち尽くす。

カチンとロングブレードを背中の鞘に納めたゼクードが、何故か複雑そうな顔をしていた。

「こんなもんなのか？　S級って……」

耳を疑う彼の呟きだったが、フランベールはゼクードの気持ちを何となく察した。

S級ドラゴンは英雄フォレッドが相討ちになるほどの脅威だったはず。

それがどうだ。

ゼクードの手に掛かればこの程度。

そのS級ドラゴンに殺される寸前だった身としては複雑な心境だが、それでもゼクードの気持ちも分かる気がした。

「ゼクードくん！」

S級ドラゴンの亡骸を見つめたまま動かないゼクードをフランベールは呼んだ。

「え？　あ……！」

ゼクードくんがようやくこちらの視線に気づいて、仲間たちに片手を上げた。

「S級ドラゴンの討伐に成功しました！」

そのゼクードの言葉は勝利の確定を待ち望んでいた仲間たちの感情を起爆させた。

「うおおおお！　やったあああああ！」

「S級ドラゴンに勝ったぞ！」

「勝った！　俺たちは勝ったんだ！」

「いやっほおおおおおおー！」

仲間たちの歓声が【エルガンディ王国】に盛大に響いた。

第五章　【竜軍の森へ】

その日に狩られたドラゴンの数は三百五十にも及んでいた。内三頭はS級ドラゴンである。

被害状況＝騎士・市民含む
軽傷者千百二十七名。

重傷者二百六十六名。

死亡者七十三名。

街への被害＝甚大。

第一城壁＝城門大破。

城への被害＝軽度。

「本来ならS級ドラゴンを討ち取った君を盛大に賞したいところだが、すまんなゼクード」

それは翌日の朝。

壁に穴が空いた城の【王の間】にて、国王さまが申し訳なさそうにそう言った。

「いえ、これだけの被害が出ては仕方ありませんよ」

玉座に座る国王さまに俺は答えた。

実際、本当に仕方ないと思う。

あのS級ドラゴンの【氷の背ビレ】のせいで街にかなりの被害が出ていた。

防ぎようがなかったとは言え、これだけの被害を食らわされたのは正直に悔しい。

今はみんな街の修復や瓦礫に埋まった人達などを救出するのに出回っている。

俺を賞している場合じゃないのは本当にそのとおりなのだ。

むしろこんな状況でも何が優先かちゃんと判断してくれる国王さまで良かった。

「うむ。だが、お前やクロイツァーたちのおかげでこれだけの被害で済んだとも言える。S級ドラゴンの討伐。誠にご苦労だった」

「ありがとうございます。ですが国王さま」

「ん？」

「一つ……嫌な予感がするんです」

「嫌な予感だと？」

「はい」

「なんだ？　申してみよ」

「はい。あのS級ドラゴンは、本当にS級だったのでしょうか？」

「……どういうことだ？」

「俺の父はS級ドラゴンと相討ちになったと聞いています。ですが、いざそのS級ドラゴンと戦ってみればあのとおり。思った以上にあっさり倒すことができました。あの程度のドラゴンがS級なら、父が相討ちになるなんて思えないのです」

今回の三体のためにどれだけの被害が出たか知った上で俺は言った。

ローエさんやカティアさん。

フランベール先生も歯が立たなかったのは知っている。

それでも、だ。

「ふむ……お前自身が父を超えたとは考えないのか？」

「はい。それはまだ考えられません。俺はまだ【竜斬り】を完全に修得していませんから」

「そうか……確かにフォレッドの【竜斬り】は『黄金色』だったからな」

「はい【闇魔法】のおかげで誤魔化せてはいるんですが、それでもやっぱり、俺が父を超えているとは考えられないです。少なくとも、今はまだ……」

「なるほどな。父を超えていない自分がS級ドラゴンをああもアッサリ倒せるはずないと言いたいのだな？」

「はい。あのS級ドラゴンは、S級の中でも最弱だったのかもしれません」

――やつは実はA級ドラゴンで、本当のS級ドラゴンがまだ上にいる可能性もある。

A級だのS級だの。そんな格付けは俺たち人間が勝手にやっていることだから有り得ない話ではない。

すると突如、ガコン！　といきなり【王の間】の扉が開いた。

入ってきたのは血相を変えた一人の騎士。

彼は息を乱しながらも「失礼します！」と大声を上げて、俺の隣で国王さまに跪いた。

「ほ、報告します！　たった今！　他国からの難民が城門前にて入国の許可を申し出ています！」

「難民？」

国王さまが聞き返す。騎士は頷いた。

「はっ！【アークルム王国】【リングレイス王国】【オルブレイブ王国】からの難民です！　みなS級ドラゴンの襲撃を受け、ここ【エルガンディ王国】へ逃げてきたとのこと！」

「S級ドラゴンの襲撃だと！　他国にもか!?」

「はっ！　難民からの話では【アークルム王国】【リングレイス王国】【オルブレイブ王国】は壊滅。唯一、撃退に成功したのは【アークルム王国】だけだそうです！」

「か、壊滅って……」

俺は思わず声を漏らした。

二つの王国がドラゴンの餌場と化した。

「我々と同じタイミングで他国も襲撃を受けていたというのか？」

「いえ、一昨日《おととい》のようです！」

言われて国王さまは「なんという事だ……」と片手で顔を覆った。

しかしすぐに騎士に命令する。

「難民の受け入れを許可する。【第一城壁】と【第二城壁】の間に難民用のキャンプを設置せよ。今は街も人も疲弊して荒れている。余計な諍《いさか》いを起こさぬよう分断しておけ」

「了解しました！」

「難民の人数は？」

「三十人ほどです！」

え？　それだけ？

「三国の難民を合わせてか？」

「はい。みな馬に乗った難民ばかりです。徒歩で逃げている難民もまだいると言っていましたが、かなりの人数が途中でドラゴンたちにやられたのを見たとも言っています」

そうか。

国と国の距離はかなりある。

馬に乗った難民だけなのは当然だ。

一昨日のうちに避難したのなら、徒歩で逃げている難民はまだここへは辿り着けるはずがない。

ドラゴンに襲われたら逃げられる確率もかなり低い。

王国の外を徒歩で行くというのはそれだけ危険なのだ。

「わかった。急ぎ難民の受け入れを。キャンプで文句を言うようなら国から放り出すと伝えておけ」

「了解しました！」

指示を受けた王国騎士は急ぎ足でこの場を去った。

「ゼクード」

国王さまに呼ばれ、俺は視線を向けた。

「お前の言った嫌な予感が当たっていそうだな」

やはり国王さまもそう思ったようだ。

「はい。ややズレていますが、ほぼ同じタイミングでドラゴンが人間を襲撃してます。こんな統率の取れたドラゴンの行動は、まだ上にリーダーがいる証拠になります。それに……ここを襲ったS級ドラゴンは三体いました。それでも他国にS級ドラゴンが現れたのなら、これはもう四体以上のS級ドラゴンが存在しているのは確実です」

「うむ。最悪な事だが、更なる脅威が存在している。……これは想像以上に深刻なことになってきた。撃退に成功した【アークルム王国】と連携する必要があるな」

「そうですね」

「ゼクード。今後もお前が頼りだ。しっかり頼むぞ」

「はっ！」

敬礼し俺は【王の間】を去った。


市民の救助活動を他の騎士たちと交代し、私は休憩をしていた。

街の中央広場にある木製ベンチに腰掛けて大きくため息を吐く。

「カティアさん大丈夫？」

同じく休憩に入っていたフランベール先生が私の顔を覗き込んできた。

「あ、大丈夫です。すみません」

昨日のS級ドラゴン戦からまともに睡眠などは取れていない。

だが、それくらいでヘタレるほどヤワな身体ではない。

「そう？　疲れてるなら休んだ方が」

「いえ、身体は大丈夫です。ただ……」

言い欠けて、ゼクードのことを思い出す。

あいつは……やはり凄かった。

私達が束になっても勝てなかったあのS級ドラゴンを圧倒してみせたのだから。

さすが私の未来の夫だと誇りたい気持ちはあるが、さすがに今回のは堪えた。

ローエとフランベール先生の支援もあってこれだったのだから。

ゼクードの実力は私たち三人分以上だと言うことがこれで証明されてしまったのだ。

一人の騎士として、あまり認めたくはない事実だった。

その場にいた私達の存在自体に意味がなかったようで。

「……」

「もしかしてゼクードくんのこと？」

「え⁉」

図星を突かれ思わず身体をビクつかせてしまった。

フランベール先生はやはりと言わんばかりに優しく微笑む。

「カティアさんが強さにこだわっているのは知ってるの。あの圧倒的なゼクードくんの強さに相当まいってるんじゃないかなって」

「それは！　その……――実は、そうなんです……」

この人に嘘をついても仕方ないと思い、素直にそう言った。

「やっぱり。……ねぇカティアさん。わたしで良ければ吐口《はけぐち》になるよ？」

「いえ、そんなお手数は……」

「ううん、遠慮しないでカティアさん。きっと分かってあげられると思うの。わたしも昔、ゼクードくんの強さには嫉妬してたから……」

「先生がですか？」

あまりに意外だったのでそのまま聞き返した。

フランベール先生は苦笑して頷く。

「うん。わたしもS級騎士になるためにたくさん頑張ってきたつもりだったよ。でもゼクードくんに敵《かな》わなかった……」

「！」

「わたしが十三年掛けて積み上げてきた世界を、あの子は一瞬で飛び越えちゃった。悔しいけど、あの子は間違いなく天才だよ」

「先生……」

「あ、ごめんね！　わたしが愚痴っちゃって……」

「いえ。なんか、むしろ聞いて良かったです。私も彼の実力には嫉妬していますから……――私は女でも騎士のトップに立てるのだと証明してやりたくて、ここまで来ました。けれど、ゼクードを見ていると……」

あまりにも次元が違い過ぎて。

「男とか女とか、そんなレベルの話じゃなくなるよね」

フランベール先生の付け足しに私は頷く。

「はい。あいつに追い付けるイメージがまるで湧きません。今回の戦いだって、結局はゼクードがいればそれで良かった」

「うん。わたし達はローエさんも加えて三人掛かりだったのに歯も立たなかったものね……」

「ええ本当に。ゼクードを見ているとS級を名乗るのが恥ずかしくなってきますよ。なんのためにいるのか、わからない……」

「うん……そうだね」

「すみません。弱音ばかりで……」

「ううん。言ってくれて嬉しい。カティアさんって確か七人の妹さんがいるお姉さんだったよね？　吐口とかそういうのまったく無いんじゃないかなって思ってたから」

「そう、ですね。確かに……」

妹たちに弱音など吐けるはずもない。

またそんな発想自体がなかった。

弱音を吐くということそのものに。

でも今フランベール先生に聞いてもらって、共感してもらって、凄く胸の奥が軽くなった気がする。

フランベール先生はただウンウンと聞いてくれているだけなのに、なんとも不思議だ。

「ローエさんにも言えばいいのに。きっと聞いてくれると思うよ？」

「冗談はやめてください。なんで私があいつに。……それにあいつが私の話なんて聞くわけないでしょう？」

「んまっ！　そんなことありませんわよ？」

「なっ!?」

突如聞こえたローエの声に私は振り向く。

家の物陰から現れた彼女に、私は弱音を聞かれたのでは!?　という不安に駆られ嫌な汗が噴き出す。

「わたくしだって言ってくだされば聞いて上げますのに。それくらいの器は持ってますわ」

ニヤニヤと笑いながらローエは自慢らしい金髪を手で撫で揺らした。

「お、お前いつから居た！」

「最初からですわ」

「な……」

嫌な予感が的中して心臓を鷲掴みにされるような衝撃を覚えた。

よりによってこの女に！

「ふふふ、ローエさんもカティアさんが心配だったのよね？」

「ご冗談を先生。なんでわたくしがカティアさんを」

「あらそう？　暗い顔してるカティアさんをチラチラ見てたから、てっきりローエさんも心配してるのかと思ったわ」

「チ、チラチラなんて見てませんわ！」

「カティアさんに声掛けるタイミングをず〜っと見計らってた感じだったし、てっきり」

「だ、だから！　見てませんって！　別に心配なんてしてませんわよ！」

「ずっと盗み聞きしてたのに？」

「い、いや！　それはですね！」

フランベール先生に攻め立てられてタジタジになるローエ。

話を聞く限り、自分は沈んだ気分が顔に出てしまっていたらしい。

それでフランベール先生と……ローエにも心配を掛けてしまったようだ。

「……。ローエ」

「な、なんですの!?　わたくしは別にあなたなんか！」

「……ありがとう。私は大丈夫だ」

「！」

こちらの言葉に驚いた様でローエは目を丸くした。

それからすぐ肩を竦めて。

「……そう、ならいいですけど」

どこか安堵した様にローエは言ってくれた。

それだけの事が妙に胸の奥に染みる。

「ところでお前は調合師のところへは行かなくていいのか？　ゼクードが【S級ドラゴンの爪】を手に入れたんだろう？」

とりあえず間を取り繕おうと私は気になったことを聞く。

すると今度はローエの顔が暗くなった。

「それなんですが、エルガンディの調合師さん達がみんな氷塊の被害に遭われていて、秘薬の調合をしてくださる調合師さんがいないのですわ」

「最悪だな……ケガや死亡なのか？」

「ええ。その類ですわ。だから仕方ないんですの。ケガをした調合師さんの復帰を待つしかありませんわ」

諦めの言葉を発したローエの後、誰かの足音が忙しなく鳴り響き始めた。

それはこちらへと近づいており、次の瞬間にはその姿を現した。

「ローエお嬢様！」

大袈裟に叫んだのは執事服を着た男だった。

「こちらでしたか！」

「セルディス？　どうしましたの？」

あの数少ないS級騎士のセルディス。

彼は息を上げ、なんとか整えながらハンカチで額の汗をぬぐった。

尋常ならぬ身体能力を持つS級騎士がここまで息を切らせてローエを探していたとは。

それだけで、私とフランベール先生も何かよほどの事態が起きたのだと察することができた。

セルディスは息が整って、意を決したように口を開く。

「リ、リーネお嬢様の容態が悪化しました！」

「な、なんですって!?」

ローエの顔が一気に焦りの色に染まった。

向かい合うセルディスも焦っているが、しっかりとした口調で説明を続ける。

「昨日の避難で無理をしたせいかもしれません！　いまメイドに動ける医者を探させています！」

「そ、そんな……リーネが……」

「ローエさん！　急いで行ってあげて！」

声を掛けたのはフランベール先生だった。

「ここは心配しなくていい」と私も繋げる。

ローエは素早く頷いて「ごめんなさい！」とセルディスを連れて去って行った。

市民の救助活動は昼に差し掛かった。

別の騎士と交代して、俺は昼食を取ろうと街の中央広場へ来ていた。

城から支給されたパンと水を食べ終えると、そこへ俺を探していたらしいカティアさんとフランベール先生に出会った。

「え、妹さんが!?」

妹さんの病状が悪化したと聞かされて俺は驚いた。

フランベール先生が「そうなの」と続ける。

「昨日の避難で無理をしたせいだって執事さんが言ってたわ」

「しかもよりによって調合師がケガなどで全滅している。急いで薬を作ろうにも作れる人間がいないんだ」

カティアさんの言葉に俺は納得した。

【秘薬】を作れば済む話じゃないかと思っていたが、そういうことか。

「だったら難民の中に調合師がいないか探してみましょう。たった三十人ほどですが、可能性はあるかもしれません」

「難民？」

カティアさんとフランベール先生が同時に首を傾げてきた。

「他国からの難民です。S級ドラゴンの襲撃を受けたのは俺たち【エルガンディ王国】だけじゃなかったらしくて」

「なんだと!?　昨日なのか!?」

「はい。あ、いえ！　一昨日だって聞いてます。S級ドラゴンのほぼ同時襲撃ですね」

「そんな……信じられない」

「俺もですよ先生。おかげで一つの可能性が浮上しましたからね」

「え？」

「更なる脅威の存在です。S級ドラゴンが息を合わせたように同時に人間を攻めてきた。ということは発見された四体のS級に指示を出す更に上のドラゴンがいるかもしれないんです。もしくはその四体の内の一体がそうなのかもしれませんが」

「あれより上が存在するのか……冗談もキツイな」

カティアさんが顔を歪めて言う。

俺もそれは同意だった。

「そうですね。できれば外れてほしい予想だったんですが」

「ゼクード！　みなさん！」

声を上げて街の奥から走ってきたのは金髪で緑の鎧を着たあの人。

「ローエさん！　妹さんは？」

とりあえず俺は聞いたがローエさんの顔色は良くない。

「動ける医者に見てもらいましたが、もって一週間らしいのですわ！　それも長くて！」

「一週間!?」

短い……妹さんの命が、もうそれだけしかないなんて。

「ですからごめんなさい！　わたくしこれから他国へ向かいますわ！」

「え？」

「他国の調合師さんに【秘薬】の調合をお願いしてきます。私事《わたくしごと》で申し訳ありませんが、いったん【エルガンディ王国】を離れさせてもらいますわ！」

「ちょっと待ってください。難民の中にもしかしたら調合師さんがいるかもしれません。それだけ先に確認してから動きましょう」

「え、難民ですの？」

「説明は後で。とにかく急ぎましょう」

俺はローエさん・カティアさん・フランベール先生を連れて【第二城壁】へ向かうことにした。


【第一城壁】と【第二城壁】の狭間にやってきた。

そこは手入れのされた芝生が広がり、難民の方々がキャンプを設置して落ち着いていた。

何人かの騎士たちもいる。

監視役みたいだ。

「ゼクード。何なんですの彼らは？」

「他国の難民ですよ。他国もS級ドラゴンに襲われていたみたいなんです。【オルブレイブ王国】【リングレイス王国】は壊滅したみたいで」

「え!?」

「壊滅だと!?」

これまたカティアさんとフランベール先生が驚愕の声を上げた。

そうか、難民を知らないならこの事も知らなくて当然か。

今は救助活動を優先してるから、情報の回りが遅いのだろう。

「【アークルム王国】は撃退に成功したそうです。撃破に成功したのはここ【エルガンディ王国】らしくて」

「そ、そんな事態になっていたのか……」

改めて事態の深刻さを思い知ったらしいカティアさんが言った。

「そうなんです」と返して、俺はすぐさまキャンプの方へ行き手を上げた。

「すみません！　【調合師】の方がいらっしゃいましたら手を上げて頂けませんか？　お願いしたいことがあるんです」

シーン……

沈黙がキャンプに広まった。

息苦しい静けさと、集中する難民たちの視線。

やはり【調合師】はいないのか、と落胆する気持ちが湧いてきた。

手を上げるのを止めようかと思ったその時、一人の黒衣を着た男が立ち上がってこちらに来た。

見たところ中年ほどの男だ。

先ほど男が座っていた場所には彼の妻と娘らしき人物が見える。

既婚者なのかもしれない。

男は俺の前まで来ると、後ろにいるローエさん達を物珍しそうに見てきた。

「へー、女騎士なんて初めて見たよ。本当にいるんだな【エルガンディ】には」

「あなたは？」

「ご指名の【調合師】さ。こっちは妻と娘。一家で頼りない【オルブレイブ王国】を逃げてきたんだ。どうせ負けるのは分かってたからな」

飄々とした口調で男は肩を竦めてきた。

自国の騎士に対して酷い言い様だが。

「あ、あの！」

「ん？」

ローエさんが横から出てきた。

「【秘薬】の調合をお願いしたいんですの！」

「【秘薬】の調合か……素材はあるのかい？」

「【S級ドラゴンの爪】でしょう？　ありますわ」

「なるほど。なら後は【アンブロシア】が必要だ」

「【アンブロシア】？」

聞き慣れない名前にローエさんは怪訝な顔をする。

「キノコの一種さ。こいつから出るエキスが必要なんだ。S級ドラゴンの爪はたしかに薬になる。でも効力が強すぎるんだ。弱ってる人間にそのまま【秘薬】を飲ませたら間違いなく死ぬ。それを防ぐために【アンブロシア】がいるんだよ」

「どこにありますの？」

「ここいらにやたらドラゴンが集まる場所は無いか？　あるとすればそこだな」

「どういう事ですの？」

「【アンブロシア】はドラゴンの好物なんだ。人間の次にな。だからこのキノコが生える場所に奴らはよく群れる。どこにあるかと聞かれたら、それがヒントとしか言えん」

これはまた厄介だな。

「わかりましたわ。情報をありがとうございます。必ず持ってきますわ」

ローエさんは男に大きく一礼して踵を返した。

そのまま急ぎ足で街の方へ戻っていく。

カティアさんとフランベール先生も小さくお辞儀してローエさんの後について行った。

「この国の騎士はみんな腰が低いんだな」

「え？」

突然の男の発言に俺は視線を向ける。

「いや、なんて言うか、変に威張り散らしてないって言うか、平民にお辞儀する騎士なんて初めて見たからさ」

「【オルブレイブ王国】ではそうじゃないんですか？」

「ないね。常に俺様な奴らばっかりさ。弱いくせに」

「……」

「ああそう言えば」

「なんです？」

「【秘薬】の調合が成功するかどうかは約束できないぞ？」

「え!?」

「何故なら【S級ドラゴンの爪】の質によって出来るか出来ないかが分かれるからな」

「それなら知っています」

「ならいいが、失敗しても恨まないでくれよ？」

「ええ……もちろんです」

戻って来たのは人気《ひとけ》の少ない中央広場。

そこでドラゴンの集まる場所について話し合う。

「まずはドラゴンがやたら集まる場所を探さなきゃなりませんね。誰か心当たりがある人はいますか？」

俺が言うとフランベール先生が手を上げてくれた。

さすが先生。博識である。

「ちょっと遠いんだけど、確実にありそうなところなら一つだけ心当たりがあるわ」

「本当ですの先生！」

「うん。【竜軍の森】って言うんだけど【エルガンディ王国】からひたすら南へ進むとあるの。名前の通りドラゴンが集まる場所で、なぜかそこのドラゴンたちはやたら好戦的なの。ドラゴン同士がケンカしていることもかなりあるそうよ」

あー【竜軍の森】か。

名前だけは聞いたことがあるな。

基本的に群れを成さないドラゴンが集まる場所なら【アンブロシア】がある可能性は高いだろう。

何より好戦的なドラゴンばかりなのはきっと【アンブロシア】をめぐってケンカしていると説明できる。

これは本当に確実そうな場所だ。

「そんな場所があったんですね」

カティアさんの言葉に頷いたフランベール先生は続ける。

「うん。馬なら往復で二日掛かるわ。探索にも時間が掛かると想定したら時間もない。急いで準備して、早めに向かった方がいいわね」

思ったより遠いな。往復で二日も掛かるとは。

「わかりましたわ先生。情報をありがとうございます。【竜軍の森】へはわたくし一人で向かいますわ」

「いやいや何言ってんですかローエさん！　みんなで行きますよ！」

俺は思わずそう言った。

しかしローエさんは首を振る。

「いいえ。いつS級が襲ってくるか分からないこの状況で【ドラゴンキラー隊】が全員王国を離れるのはダメですわ！　特にゼクード。あなたはダメですわよ」

「それは、そうですけど……」

どうしよう、正論過ぎて言い返せない。

「ゼクード。ローエの言う通りお前は残った方が良い」

「え？」

カティアさんの発言に俺はそんな間の抜けた声を発してしまった。

「私とフランベール先生がローエに同行する」

「な、何を言ってますのカティアさん!?　わたくし一人で十分ですわ！」

「ダメだ。今のお前はまるで冷静さを欠いている。それにドラゴンの大群と戦うことになるかもしれないんだ。一人で行かせられるか」

カティアさんがそう言ってフランベール先生が続けた。

「カティアさんの言うとおりよローエさん。ローエさんはいま妹さんの事で頭がいっぱいになってる。でもそれは仕方のないことだから、せめてわたしたちにフォローさせて？」

「で、ですが……四人中三人も国を離れるのは陛下が御許しくださるか……」

ローエさんの言うことはもっともだった。

言われたカティアさんとフランベール先生もグッと口を閉じてしまう。

この国の非常時にS級騎士が三人も国を離れるのはまず間違いなく許されないはずだ。

人命が掛かってるとはいえ、それがお互い様な今の状況では出撃の許可も下りないだろう。

だがとりあえず行動だ。

こうしてる時間さえ惜しい。

「ちょっとみなさん待っててください。俺、国王さまに聞いてみます」

「あ、お願いしますわ！」

隊長として部下の問題もなんとか解決せねば。

そんな意思を胸に俺は城へと向かった。

国王さまとの謁見は案外とすぐに叶った。

そこでローエさんの妹さんが余命一週間なことを告げた。

彼女を救うには【アンブロシア】というキノコが必要だと説明し、そしてそれは【竜軍の森】という危険な場所にあるらしいことも説明した。

すると国王さまは数分悩んだ上で頷いてくれた。

結果を報告するために俺はローエさんたちの元へ戻る。

「【竜軍の森】へ向かうことはなんとか許可を頂きました」

「ああ！　ありがとうございますわ隊長！」

中央広場にてローエさんが心底嬉しそうな表情を浮かべた。

あまりに可愛く、あまりに綺麗な笑顔だった。

おかげでこれから伝える情報が苦しくなった。

「ただ、やはり向かっていいのは二人までてした。俺は絶対に残ることを条件にされました。なのであと一人。誰かに残ってもらいます」

「なら私がローエと行く。フランベール先生と隊長は残ってください」

即答したのはカティアさんだった。

なんとなく予想はしていたが早かった。

確かにカティアさんとローエさんのコンビなら連携も卓越しているし安定感はある。

でもそれはローエさんが普通の状態ならばの話。

今のローエさんはどうにも焦っている。

連携が乱れないとも限らないし、ここはしっかりとしたストッパーの役割を担える人間にするべきだろう。

「いや、待ってくださいカティアさん。ここはフランベール先生にローエさんの同行をお願いします」

「なに？」

「カティアさんとローエさんじゃ無茶しそうだし、なんか途中でケンカに発展したら大変ですしね」

「な！」っとカティアさん。

「確かに……」っとフランベール先生。

「先生!?」っとローエさん&カティアさん。

「それじゃ先生。ローエさんと一緒に【竜軍の森】へ同行お願いします」

「了解よ。それじゃローエさん。さっそく準備しましょう。明日の朝には出発するからね」

「わかりましたわ。よろしくお願い致します」

「ふぅ、疲れた」

救助活動が終わり日も沈んで来た。

今日はこれで休みとなった俺は自宅へと戻るため帰路についた。

グリータたちもみんな無事だったので本当に良かった。

「お疲れ様。ゼクードくん」

すると自宅の前で待っていてくれたらしいフランベール先生が俺を出迎えてくれた。

「先生！　もう準備はできたんですか？」

「うんバッチリ。あと、はいこれ。カティアさんからだよ」

手渡されたのはいつかのバスケットだった。

これはいつもカティアさんが持ってきてくれる晩のドラゴンステーキだ。すでに焼いてある。

「え、なんで先生が？」

「カティアさんに頼まれたの。渡しといてほしいって」

「こんな大変な時にまで」

疲れてるからドラゴンステーキは本当に嬉しいが、カティアさんも疲れてるだろうに。

本当に申し訳ない気分だ。

「カティアさんはそのへんしっかりしてるからね」

「そうですね。でも先生に頼むなんて、何か用事でもあったんでしょうか？」

「ううん。きっと今は精神的に疲れちゃってるだけだよ」

「え!?　あのカティアさんが？」

「うん。ゼクードくんの強さに相当まいってたみたいだから」

「俺の強さ、ですか？」

でもカティアさんならそんなの今更な気が……

「あ、ゼクードくんが悪いわけじゃないのよ？　今日カティアさんの話を聞く機会があったから聞いてみたんだけど、ゼクードくんに追い付ける自信がないって。それで落ち込んでたの」

「そうですか……」

まさかあのカティアさんが自信を失っているなんて。

なんかS級ドラゴン戦後から妙に暗いなぁとは思ってたけど。なんとかして励ましてあげないとな。夫だし。

「もしカティアさんが何か言ってきたら、しっかり聞いてあげてほしいの」

「え？」

「カティアさんはやっぱり妹さんしかいないし、両親とも仲が悪いみたいだから、何も吐口がないのよ。だからゼクードくんはカティアさんを受け止めてあげてほしい」

妹さんがたくさんいるのは知ってたが、両親と仲が悪いのか。

それは知らなかった。

「受け止めるだけでいいんですか？」

「うん。カティアさんに必要なのは自分の弱みを受け止めてくれる人だから。部下のケアも隊長の仕事よ？」

「そのとおりですね。了解です」

「うん。よろしい。……それから、あの時はありがとうねゼクードくん」

「あの時？」

「S級ドラゴン戦の時よ。あの時はもうダメだって思ったけど、ゼクードくんのおかげで助かったわ」

「ああ！　あんなの当然じゃないですか。あの時はホンット間に合って良かったですよ」

「ふふ、あの時のゼクードくん本当にカッコ良かったよ？」

「えへへ、惚れました？」

「うん。とっても。それで今日は何かお礼をしたくて、それも兼ねて会いに来たの」

会いに来てくれたってのがもうすでに嬉しい。

「お礼ですか。なら是非ともキスでお願いします！」

調子に乗って言ってしまった。

さすがに怒るかなと、恐る恐るフランベール先生を見る。

そこには頬を赤くし、少し悩んでる先生がいた。

モジモジしてて可愛い。

「……そうね。しばらく会えなくなるし、そ、それくらいなら別に」

「え!?」

まさか本当にしてくれるの!?

そう思ったのも束の間。

フランベール先生は俺の目の前まで寄ってきて、これからする行為に恥ずかしそうに顔を赤くしていた。

上目遣いのフランベール先生はあまりに可愛くて、思わず抱きしめたくなる衝動に駆られた。

見つめ合う形になり、お互いの心臓の高鳴りが聞こえる。

「あ、あの先生、無理しなくても……」

「ううん。無理なんて、してないよ？　また命を救ってくれたんだもん。それにわたし……ゼクードくんのこと……――」

最後まで言わず、フランベール先生は俺に優しくキスしてくれた。

それは口と口の恋人がするような熱い口づけだった。

柔らかい先生の唇が気持ち良くて、また先生の女の香りがとても良くて、思わず目を閉じて今のこの感覚を堪能してしまう。

抱きしめたい衝動が加速し、ついに俺は先生をそのまま抱きしめた。

すると先生も抱きしめ返してくれた。


憧れだった担任の先生とキスをした。

それはまさに夢のようなひとときだった。

いま俺は自宅のベッドで横になっているが、なぜか身体がフワフワしている。

あくまで感覚だが、幸せすぎて思考がボ～ッとするのだ。

フランベール先生の柔らかい唇の感触がまだ記憶に焼き付いている。

自分の唇に重なったあの感触を脳はまだ覚えている。

抱きしめたフランベール先生の身体は装備越しでもわかるほどフワリとしていた。

女性特有の柔らかさと、優しい香り。

興奮よりも安心を覚える母性豊かなフランベール先生の肢体。そして暖かさ。まるでいつかのローエさんの感触だ。

『それにわたし……ゼクードくんのこと……』

キスする直前に呟いてた先生の言葉は、結局は最後まで聞けなかった。

でも、この言葉の先をイメージできないほど俺は鈍感じゃない。

なにより先生は俺の欲望を受け止めてくれたのだ。

キスをお願いすればしてくれた。

抱きしめたら抱きしめ返してくれた。

それが何を表すのか、分からないほどバカじゃない。

自信を持とう。

「これで三人……」

目標の嫁さん三人を達成した気がする。

次は九人の子供をお願いしたい。

……ローエさんはあれから身体はどうなのだろう？

さすがに妊娠が発覚するには早すぎるか？


翌日の朝になった。

天候は晴れで視界も良好だ。

俺はカティアさんと共に【第二城壁】の城門へ来ていた。

理由はもちろんローエさんとフランベール先生の見送りである。

「それじゃ行って来ますわ」

「ローエ。無理だけはするなよ」

カティアさんの忠告にローエさんは苦笑する。

「わかってますわよ」

「ならいいが……」

「あとそのパン。ゼクードと二人で食べて。あなたの分も焼いておきましたわ」

「なんで私の分まで？」

「勘違いしないでくださる？　ちょっと多めに出来てしまっただけですわ」

「……」

「言っておきますけど。手は抜いてませんからね？」

「何も言ってないだろ」

「そうですわね。それじゃ行ってきますわ」

「……ロ、ローエ！」

「なんですの？」

「パン……ありがとう」

どこか気恥ずかしそうに頬を赤くするカティアさん。

そんな彼女のお礼にローエさんは目を丸くし「ええ」と満更でもない笑みを返した。

果たしてローエさんは城門の外へ出て行く。

少し足取りが速い。

やはり気持ちは焦っているようだ。

妹さんの命が残り六日しかないから当然だが。

「ローエさん待って～！」

そんな彼女の後から来たフランベール先生が慌てて追いかけていく。

先生はカティアさんに手を振り、そのあと俺を見て微笑みながら手を振ってくれた。

キスをした昨日の今日で、妙に照れくさいが俺も手を振り返す。

「二人とも気をつけて！」

俺はその一言だけローエさんとフランベール先生へ送った。

馬に乗った二人は間もなく見えなくなった。

「……行っちゃいましたね」

見送りを果たし、隣に立つカティアさんに言う。

「ああ。だがやはりローエのやつ、まだ焦りがあったな」

「そうですね。でもそのためにフランベール先生が同行してるんですから大丈夫ですよ」

「そうだな……」

「それじゃあ練騎場へ行きましょうか。『気』を引き出すためにビシバシいきますよ」

「ああ。だがその前に朝食にしよう。ローエからの差し入れだ」

「お、いいですね～。っていうかなんか最近カティアさんとローエさん仲良いですね。もしかして……」

「それ以上言ったらお前のパンも食うぞ」

「あーウソウソ！　ごめんなさい！」

その後俺はカティアさんと街の広間で朝食を取り、鍛錬に明け暮れた。


ローエとフランベールの旅は順調だった。

道中、A級ドラゴンとの遭遇も特になく、おかげで日が暮れる前に【竜軍の森】へ到着することができた。

道のない草原を走り続け、何度か馬を休憩させたにも拘らずだ。

ローエとフランベールは【竜軍の森】の近くにある大岩の裏にキャンプを設置した。

ここなら少なくとも大きいA級ドラゴンは入ってこれない。

入口の幅が馬一頭分しかないから安全な方である。

草木で入口を隠せばベビードラゴンやドラゴンマンからも多少は誤魔化せるはず。

大岩の裏は入口に反して広く、馬をしっかり休ませる空間もあってちょうど良かった。

ローエはハンマーを置き、フランベールも大弓を岩に立て掛けた。

二人は日が沈む前に焚き火の準備をし、明日の【竜軍の森】探索のために休息を取る。

「先生。ご迷惑を御掛けしますわ」

焚き火を挟んだ向かいで座るフランベールにローエは言った。

「ううん。人命が掛かってるもの。これくらい当然よ」

フランベールは優しい笑みを浮かべながらそう返してきた。

ローエも笑って「ありがとうございます」と返し、焚き火に薪を追加する。

「それにしても妙ね」

フランベールの突然の言葉にローエは「え？」と顔を上げた。

「【竜軍の森】が目と鼻の先にあるのに、ドラゴンの鳴き声が聴こえてこないわ」

「あ……」

ローエも言われて気づいた。

すっかり夜になった星空を見上げる。

確かにドラゴンが集まる【竜軍の森】で鳴き声が聴こえてこないのはおかしい。

ここのドラゴンは好戦的でピリピリしているはずなのに。

ドラゴン同士でケンカが絶えない場所でもあるから、威嚇の鳴き声がまったく聴こえないのは本当におかしい。

聞こえるのは焚き火の弾けるパチパチという音のみ。

不自然なまでに静かだ。

「もしかしたら、一昨日の襲撃でみんなここから出ていった可能性はありません？」

ローエが言うとフランベールも同意して頷いた。

「うん。それはあるね。Ｓ級ドラゴンに命令されたならあり得るよ」

「誰もいないなら【アンブロシア】の探索も簡単になりますわ。なんだかラッキーが続いていて怖いですわね」

ドラゴンに遭遇せずここまで難なく来れたこと。

【竜軍の森】にはドラゴンがいない可能性があること。

なんだか上手く行きすぎてて怖い。

このまま【アンブロシア】もすぐに見つかって上手く帰還できればいいのだが。

とはいえ、こうしてる今でも妹のリーネは死に近づいている。怖いだのなんだの言ってられない。

早く【アンブロシア】を採って帰還せねば。気持ちが昂って困る。

「そういえばローエさん。出発前にカティアさんに何を渡してたの？」

「え？　ええ、いつもゼクードに渡しているパンですわ。危うく渡し忘れるところでしたの」

見送りに来てくれたカティアの分も作っておいたが、ちゃんと食べてくれるだろうか？　元気を出して欲しくて作ってしまったけど迷惑だっただろうか？

……ま、どっちでもいいですけど？

本命はゼクードですし……べつに。

「なるほどね」と納得したフランベールは木製コップで溶かし水を飲んだ。

ローエも倣って水を飲む。

すると飲み終えたフランベールが口を開く。

「そういえば、ローエさんはゼクードくんのことどう思ってるの？」

「え？」

「一人の男性として見た場合。ゼクードくんはどうかな？」

これは面白い話題だ。

昂る気持ちを紛らわせるとローエはすぐに乗った。

「そうですわねぇ〜。彼は顔もなかなか可愛くて良いですし、実力も本物ですわ。どうせ嫁ぐなら彼みたいに強い男性の方が良いですわね」

抱かれたことがあるからなんとでと言える。

……そういえばあれから少し経ちますが、妊娠は大丈夫だろうか？　さすがにまだ早いか。

彼に種を出されてからまだ一週間も経ってないし。

「じゃあローエさんも早くゼクードくんとキスしてほしいな」

いやキスなんてとっくに……

……ん？

ちょっと待って？

今さっきフランベール先生は『ローエさんも』と言った？

まさかあのスケベ騎士《ゼクード》！

わたくしと寝ておきながらフランベール先生とキスしやがりましたの!?

「あの……先生……もしかしてゼクードとキスを？」

「うん。わたし昨日ゼクードくんとキスした」

「……」

あんの色ボケ騎士《ゼクード》！

完全に浮気ですわ！

わたくしを抱いておきながら他の女とキスするなんて！

ぶっ殺してやろうかしら！

まったく……

わたくしに内緒でこんな……

せめて一言だけでも言ってほしかったですわ……

……いや、そーいう問題じゃないですわね。

はぁ……やっぱりゼクードは一人の女じゃ満足できないタイプなのかしら。

たしか彼の父フォレッド・フォルスもそんなタイプだったとセルディスに聞いたことがありますわ。

あれから『英雄、色を好む』って言葉が生まれたんでしたっけ？　上手いこと言いますわ本当に。

フランベール先生はゼクードのそんなところを知っているのかしら？

彼がカティアと結婚の約束をしていることも。

「S級ドラゴン戦で助けてもらったからお礼をしようと思って、何がいい？　って聞いたらキスしてほしいって言うから」

「それでキスしてあげたんですの？」

「うん。ゼクードくんなら大好きだし、いいかなって」

あぁ、やはりこの人、どこかゼクードに甘いと思っていたが大好きだったのか。

そこまで思いを寄せていたのなら納得である。

しかし自分の好きな男性を他の女に進める神経はやはり理解し難い。もしかしたらフランベール先生も……

「先生。お窺いしますが【フラム家】は一夫多妻ですの？」

「うん。わたしの父は三人の奥さんを持ってるよ」

やっぱり……

だから自分にもゼクードを推してきたのか。

普通の感覚ならば意中の相手をわざわざ他の女に進めたりはしない。

好きな男性の一番で有りたいと願うのは女ならば普通の思考だ。

少なくともローエはそういう考えであり、そうでないと嫌だと思っている。だけど……

「だからローエさんがゼクードくんにアタックするのは有りだと思うよ？　わたしローエさんならむしろ嬉しいな」

「……どうしてですの？」

「わたし……ローエさんとカティアさんのことも好きだから」

「ええ!?」

バチンと音を立てて焚き火の薪が崩れた。

驚愕したローエにフランベールは慌てて両手を振る。

「あ！　違う違う！　そんな意味じゃなくて！　一緒にいると安心するって意味！」

「お、ああ！　なるほど！　び、びっくりしましたわ本当に」

「ごめんね。言葉足らずで」

「いえ……でも、なぜわたくしやカティアさんをそんなに？」

「うん。わたしは上に姉が四人いるの。姉さん達は【攻撃魔法】を覚醒させていない『普通の女性』でね……」

「あぁ……」

ローエはこの時点で察した。

【攻撃魔法】を覚醒させていない普通の女は得てして【攻撃魔法】を覚醒させた女を軽蔑する。

ローエ自身もそんな経験は腐るほどあった。

他人に軽蔑されていた自分はまだいい。

フランベールは姉の四人だ。

ほぼ毎日のように顔を合わせることになる身内を相手に、毎日のように異端と罵られてきたのではないだろうか？

身内だと無視するのも限度がある。

それがどれだけ辛いことか想像に難くない。

「やっぱり姉さん達には良い目で見られなくてね。他のお母様たちにも」

姉四人だけでなく、他の母親までとは。

いつも笑顔を絶やさない優しいフランベール先生だが、家庭内ではこんなにも息苦しい生活を送っていたとは。

自分がその場にいたならば味方してあげられるのに。

寄り添ってあげられるのに。

――……あぁ、だからフランベール先生は自分とカティアと一緒にいると安心するって言ったのか。

同じ女性の身で【攻撃魔法】を覚醒させた者同士だから。

「でも【ドラゴンキラー隊】が結成されてからみんなと一緒に行動するのが楽しいの。わたしがここにいても何も変じゃないから。ローエさんもカティアさんも【攻撃魔法】を使えるのが当たり前だから」

「ええ。共感いたしますわ先生。居心地がいいですわよね」

「うん！」

やはり【ドラゴンキラー隊】に居心地の良さを感じていたのは自分だけではなかったか。

カッコいいし頼りになる隊長のゼクード。

そしていつも優しいフランベール。

そして、なんだかんだ頼りになるカティア。

異端な女性が三人もいることで逆にそれが普通となり、とても居心地の良い空間ができている。

フランベールが【ドラゴンキラー隊】での行動を好きだと言うのはとても理解できる。

「わたくしもこの部隊はとても気に入ってますわ」

「やっぱりローエさんもそうなんだ。嬉しいなぁ……。だからね、この部隊のみんなが家族だったらどれだけ幸せなんだろうなぁって、最近よく考えるの」

「家族……」

「うん。みんなでゼクードくんのお嫁さんになって家族を築くの。偏見や歪みのない良い家族になれると思う。わたしたちの誰かが女の子を産んで、その子が【攻撃魔法】を覚醒させてもローエさんやカティアさん、わたしもみんな分かってあげられるし、良い家族になれる気がするわ」

なんか凄い先のことまで考えてますわ。

——でもまぁ……確かに。

フランベールの言うとおり悪くない家族になりそうな気はする。

ただひとつ。

自分がゼクードの一番にはなれないこと。

そこが唯一の不満点か。

はぁ……わたくしも一夫多妻の家庭に生まれたかったですわ。そうすればこんなに思い悩むこともなかったのに。

「だから、ね？　ローエさんもゼクードくんが好きなら遠慮なくキスしてほしいな」

まさか女性からこんなことを言われる日が来るとは思わなかった。

もうゼクードとはキスどころか身体を重ねているのは黙っているべきだろうか？

もしかしたらもうゼクードの子供を妊娠している可能性があることも。

「ええ……考えておきますわ」

「うん。ありがとうローエさん。……待ってるね」

……待ってる、か。

何故だろう。

ゼクードとの関係はわたくしの方が進んでるのに、何故こんなに後ろを歩いている気持ちになるんだろう……

「それじゃあもう休もうか。見張り番はわたしがやるから、ローエさん先にどうぞ」

「……わかりましたわ。お願いします」


「いやぁ〜良い汗かいた後のお風呂は最高ですねカティアさん」

「そ……そうだな」

今日の鍛錬を終えた俺はカティアさんと汗を流すために風呂に入っていた。

俺の家にある小さな風呂だ。

もう結婚の約束をしてる恋人みたいなものだから一緒にお風呂に入りませんか？　と誘ってみたら意外にもカティアさんはそれを受け入れてくれた。

そして夕方になって今に至る。

風呂は小さいので俺とカティアさんは密着している。

俺の股にカティアさんが座り、彼女の綺麗な背中が夕日に照らされた。

見惚れてしまうほど綺麗な肩だった。

彼女の脇から見える巨乳が俺の肉棒を勃起させ、カティアさんのお尻に当たってしまう。

しかしカティアさんは動じない。というより動けないでいるみたいだった。

「カティアさんもしかして緊張してます？」

「当たり前だろう……男と風呂なんて初めてなんだ」

「そうですか。俺が初めてで嬉しいです」

言いながら俺はカティアさんの脇に手を差し込んで、彼女の大きな胸を思いっきり鷲掴んだ。

「あ！　ちょ、おい！」

さすがのカティアさんも驚いたらしく、ビクンと身体を跳ねさせた。

俺は構わず彼女の巨乳を優しく揉みしだいた。

「いいじゃないですか。俺たちもう夫婦みたいなものなんですから」

「それは、そうだが……あ……あ」

カティアさんは大人しく俺に胸を揉まれ続けてくれた。

ローエさんと同じくらい大きいカティアさんの胸は柔らかく、揉んでいる指が癒やされていくほどの感触だった。

いつもは鎧で揺れることさえないこの巨乳は、やはり至高の柔らかさを秘めていた。

「はぁ～やっぱりカティアさんの胸、最高です……大きくて、柔らかい……」

「そ、そうか……ん……」

ずっと揉みたいと思っていたカティアさんの巨乳。

ただひたすらに揉みしだいて、たまに乳首を摘んで、自分の欲求を満たしていく。

「あ……あ……は……ん……」

胸を揉まれ続けるカティアさんも感じてきたのか、信じられないくらい可愛い声を出していた。

「そんな声出せるんですね……可愛いですよカティアさん」

「や、やめてくれ。可愛いなんて、柄じゃない……」

「柄じゃないから可愛いんですよ。カティアさん」

「ゼクード……ん……あ」

頬を赤くするカティアさんが可愛くて、俺は胸を揉みながら彼女を引き寄せた。カティアさんの背中が俺の胸に当たる。

「カティアさん。こっち向いて……」

言うとカティアさんは素直にこちらに顔を向けてくれた。

そのまま俺は彼女の唇に自分のそれを重ねた。

いきなりキスされたカティアさんは目を大きく開いて驚いていたが、次第にゆっくりと目を閉じて俺に身を委ねてくれた。

キスは深く、舌を絡めて唾液を交換した。

同時に彼女の巨乳を揉み続ける。

キスと乳揉みを同時にこなし、至福のひとときを堪能した。

カティアさんは目を閉じて気持ちよさそうに俺に体重をかけてくれている。

それが妙に嬉しかった。

今のカティアさんは俺が何をやっても受け入れてくれそうな雰囲気がある。

このままやらせてくれないだろうか？

もう俺の肉棒も凄まじい硬度に達している。

痛いくらいだ。

「……カティアさん。立って」

「え？」

なぜ？　と問うライトブルーの瞳には答えず、俺はカティアさんの巨乳から手を離して先に立ち上がった。

胸を解放されたカティアはキョトンとしながらも立ち上がってくれた。

お互い足だけ湯に漬けたまま、俺はカティアさんのお尻を掴む。

「あ……なにを？」

「壁に手を掛けてお尻を俺に向けてください」

「え!?」

「もう我慢できない」

「……」

俺が何を求めているかを察したらしいカティアさんは、ぎこちない動きながらもお尻を突き出してくれた。

俺はその尻を片手で固定し、もう片手で肉棒の先端を膣口へ誘導する。

ニチャチャと卑猥な音を立てながら俺の亀頭とカティアさんの膣口を擦り合わせる。

するとカティアさんのお尻がブルっと震えた。

「ぁ……ゆ、ゆっくりとだぞ？　初めてなんだ……私」

「わかりました……」

言われたとおりゆっくりと肉棒を押し込んでいく。

ローエさんのおかげで一皮剥けた亀頭がカティアさんの膣に包まれていく。

俺は肉棒から手を離して彼女の大きな尻にそれを添えた。

両手でお尻を掴み引き寄せる。肉棒はゆっくりと奥へ入っていく。

「あ……あ……」

カティアさんが中に入ってくる肉棒を感じたらしく、そんな掠れた声を出した。わずかな声なのに妙に色っぽい。

優しく挿入していくと、途中でカティアさんの処女膜に亀頭が当たった。これを貫けばカティアは俺の女だ。

「カティアさん……行きますよ」

やめるつもりなどなかったが確認だけした。

カティアさんはコクンと頷いてくれた。

俺はカティアさんの腰を掴んで一気に引き寄せる！

ズプンッ！

「うくっ！　あ……」

カティアさんが顔を天へ仰いだ。

処女膜を貫かれ、カティアさんは俺の女となった。

カティアさんの尻と俺の腰が密着し、肉棒が生温かい膣内で嬉しそうにヒクつく。

「はぁ～……カティアさんの中……気持ちぃぃ……」

しばらく動かず、カティアさんの綺麗な背中を拝みながら膣内の感触を堪能した。

カティアさんの尻を目一杯俺の腰に密着させ、挿入した肉棒をビクビクと好きに脈動させる。

あまりにも気持ちいいカティアさんの膣内に、ずっとこうして繋がってたいとさえ思った。

「ど、どうしたゼクード？　動かないのか？」

「カティアさんの膣が気持ち良すぎて、もう少し……」

「そうか……いつでもいいからな？」

「はい……」

優しいカティアさんにそう言われ、俺はたまらずゆっくりと腰を振り始めた。

肉棒がカティアの膣を出たり入ったりし、ついにカティアが女の声を漏らし始めた。

「あ……あ……あ！　あん……あ、は……あ！」

可愛い。

本当に可愛い。

普段の凛としたカティアさんからは想像もできないほど可愛い喘ぎ声だった。

もっと声を聞きたいと腰を振り続けていると、彼女の脇から見える巨乳がプルンプルンと揺れているのが見えた。

俺はすぐさまカティアさんの腰から手を離し、脇に手を差し込んで巨乳を鷲掴んだ。

「ん！」

巨乳に指を沈められたカティアさんはブルッと震えた。

俺は彼女の巨乳を揉みしだきながら肉棒の出し入れを続ける。

カティアさんの女という女の部分をすべて支配した気分だった。

最高に気持ちがいい。

パンパンパンと肉と肉がぶつかる音が浴室に響く。

「あ！　ん！　あん！」とカティアさんの女の声もこだまする。艶かしくも美しいカティアさんの身体は母体として完成している。彼女に子供を産んでもらえることが凄く嬉しい。

巨乳を揉みしだき、膣を堪能し、尻の弾力も味わい尽くした俺は、ついに射精感が込み上がってきた。

「……っ！　カティアさん！　もうすぐ出ます！　中で全部受け止めて！」

「ま、待て！　中はダメだ！　そ、外に！　あ！　あ！　あ！」

「俺の子供を産んでくれるって約束したじゃないですか！」

「そ、それはそうだが！　こ、こんな状況で！　に、妊娠してる場合では……あん！」

「こんな状況だから子孫を残したいんですよ！　俺だって、カティアさんだって、前線で戦っていつ死ぬか分からないのに！」

「！」

「く……ああ！　出る！」

俺はカティアさんの巨乳から手を離し、彼女の腰を掴んで思いっきり引き寄せた。

肉棒を限界まで挿入し、先端が子宮口に当たって「あ！」とカティアが声を上げた。

同時に熱い液体が発射され、子宮に俺の遺伝子が注がれていく。

絶対に逃さないように俺はカティアさんの腰をがっちり掴んだ。

密着するカティアの尻と俺の腰の間では生命を繋ぐ最終行為が行われている。ドクン、ドクンと精液を流し込んでいく。

「あ……あ……」

中出しされたカティアは膣内で激しく脈動する肉棒を感じて身体を震わせている。

嫌がっていたけど抵抗はしてこなかった。

しっかりと最後まで俺の射精を受け止めてくれた。

射精が落ち着き、出し切ったあとも俺はカティアさんを味わうように肉棒を入れたまま尻を撫でたり、巨乳を揉みしだいた。

満足した俺はゆっくりとカティアさんの膣から肉棒を引き抜いた。

解放されたカティアさんは疲れたのか湯船に倒れるように浸かった。

俺も共に湯に浸かる。

カティアさんはヘソの下あたりを撫でていた。

その顔はどこか険しい。

「……カティアさん。怒ってます？」

「少し。……だがお前の言う通りだと思ってな」

「え？」

「いつ死ぬか分からないからこそ子孫は残したい。こんな状況だからこそ持つ当たり前の本能だと思ってな。だから受け止めた」

「カティアさん……」

「お前が死ぬなんて想像もつかないが、有り得ないとは言い切れないからな。狩りの怖いところだ」

「そうですね。俺の父もそうでしたから……」

「……しかしあれだな。妊娠したらしばらく戦えない。お前と差が開く一方だ。そこだけが不満だ」

「カティアさん。俺は死ぬまでカティアさんに追いつかれる気はありませんよ。じゃないとカティアさんを抱く資格が無くなりますからね」

言って俺はカティアさんをそっと抱きしめた。

「ふ……口も達者だな。お前は……」

言いながら微笑み、そしてキスをした。

その日はカティアさんと同じベッドで一夜を過ごした。


眠るカティアの体内ではゼクードの精子が大量に泳いでいた。

その一匹がカティアの卵子に辿り着き、そして――

――ぴちょん……

一つになった精子と卵子。

ゼクードとカティアの子供が静かに誕生した。


翌朝になった。

ローエとフランベールは準備を済ませて【竜軍の森】へと足を踏み入れる。

山と山の間にある道を警戒しながら慎重に進む。

ハンマー使いのローエが前衛で、弓使いのフランベールが後衛。

ローエは前を確認しながら進み、フランベールは上からの襲撃を警戒しながら背後も確認する。

少し進んだ先でローエは思わず止まってしまった。

「こ、これはいったい……どうなってますの!?」

震えた声でそう言ってしまった。

「どうしたの？」と背後からフランベールが隣に来た。

そしてフランベールも、目の前に広がる光景に息を呑む。

二人の視線の先には大量のA級ドラゴンの亡骸があったのだ。

一匹や二匹なんてレベルじゃない。

みんな殺されている。

やけに静かだと思ったら、こんな惨状になっていたとは。

近づいて外傷を見れば爪で引き裂かれたような傷や、食いちぎられたドラゴンまでいる。

このドラゴンたちの外傷を見るに、これだけの数のドラゴンを殺したのは人間じゃないとわかる。

「せ、先生。ドラゴンのケンカはこれほどまでに苛烈なのですの？」

「ううん。そんなはずない。ドラゴンのケンカは少なくとも相手を屈服させたら勝ちだから、殺すなんてことはしないはずよ」

やはりそうか。

ではやはりこの地獄絵図の犯人は――

「――まずいですわ先生。このドラゴンたちを殺した犯人はきっと」

ローエの予想にフランベールも同意らしく。

「うん。S級ドラゴンの仕業かもしれない。ここはいったん――っ！」

言い欠けてからローエとフランベールは『上空』からの殺気に気づき、その場からすぐに離れた。

何かが舞い降りて来て地面が爆音を上げて揺れた。

ローエとフランベールは即座に武器を構えて、空からの襲撃犯を見やった。

現れたのが生き残りのA級ドラゴンだったならば良かった。

しかし、二人の前に現れたのは巨大な翼を持った漆黒のドラゴンだった。

第六章　【襲い掛かる悪夢】

ローエさん達が【竜軍の森】へ向かってから三日目の朝が来た。

早ければ今日中に帰ってくるはずだが、すでに空は夕方だ。

「あの……ローエさんとフランベール先生はまだ帰還してませんか？」

俺は『第二城壁』の内部にいる受付の騎士さんに聞いてみた。

彼はカウンター越しに首を振る。

「残念ながらまだです。出発前にフランベール・フラムさんからは四日間の探索期間を申請されてます。明日中に帰還されなかった場合は救難騎士隊を出撃させますので」

「わかりました」

俺は受付カウンターから身を引き、踵を返して戻った。

街道を戻ると、どうやら同じく心配で来ていたらしいカティアさんと出会った。

俺は彼女と目が合い、首を振って先ほどの悲報を伝えた。

「……そうか。やはりまだ帰還はしてないか」

「ええ。【アンブロシア】の探索に時間が掛かったのかもしれませんが」

「だったらいいが、心配だな」

「そうですね……」

二人も心配だが、ローエさんの妹さんももう三日しか持たない。

あっちもこっちも心配で落ち着かない。

やっぱりダメでも俺も行けば良かったな。

結局この三日間でＳ級ドラゴンの襲撃はなかったから。

……まぁ、結果論だが。

「ゼクードさん！　ゼクードさあああん！」

さっきの受付の騎士さんだ。

こっちに向かって全力疾走してる。

「はぁ！　はぁ！　ゼクードさん！」

「ど、どうしたんですか？」

「ローエさんがたった今！　帰還されました！」

「っ!?　ほ、本当ですか！」

「はい！　でもボロボロの状態で、その場で意識を失ったみたいなんです！」

「なっ!?」

ボロボロの状態!?

いったい何が!?

「どこに運ばれたんだ!?」

事態を察したカティアさんが聞いた。

受付の騎士はすぐに答えた。

『ローエさん逃げて！　こいつはわたしが引き付けるわ！』

『できませんわ！　それでは先生が！』

『ダメ！　お願いだから帰還して！　わたしもあなたも重傷を負ったら手の打ちようがなくなる！』

『でしたらわたくしが！』

『あなたには妹さんがいるでしょう！』

『で、ですが！』

『勝とうと思わなければ何とかなる！　急いで帰還してゼクードくんを呼んできてほしいの！　コイツに勝てるのはゼクードくんしかいないわ！』

『先生！』


「先生！」

いきなり飛び起きたローエにカティアは驚いた。

目を覚ましたローエはハッと我に返り、辺りを見渡す。

ここは【エルガンディ王国】にある病院。

その病院内の一つの小部屋だ。

傷だらけで意識を失っていたローエはすぐさまここへ運ばれた。

運ばれてから数時間経ち、今に至る。

「カティア……さん？」

カティアを見つけたローエがベッドから降りてきた。

しかしベッドから降りてきた瞬間、その包帯だらけの身体が痛んだようでローエは崩れるように倒れた。

「い、つ！」

「ローエ！　無理するな！」

倒れたローエに肩を貸してベッドに座り直させる。

カティアはテーブルに置いてあった水をローエに差し出した。

ローエはそれを一気に飲み干す。

「大丈夫かローエ？」

「カティアさん！　今すぐゼクードを呼んでください！　ゼクードを【竜軍の森】へ向かわせてほしいですわ！」

「落ち着け大丈夫だ。ゼクードならもうとっくに【竜軍の森】へ向かっている」

「ほ、本当ですの!?」

「ああ。傷だらけのお前だけが帰還してフランベール先生だけ帰還していなかった。その時点で察して飛び出して言ったよ。国王さまには無断だがな」

『俺が留守の間【エルガンディ王国】をお願いします』


当のゼクードはそれだけをカティアに命令して【竜軍の森】へ発ったのだ。

陛下の意向を無視した懲罰物だがゼクードは一切迷わず飛び出して行った。

止める間もなかったが、止める理由もなかったから「了解」とだけ返して見送ったのである。


「そう、ですの……」

安堵したようにローエは息を漏らした。

「それで何があったんだ？」

「……一匹の黒いドラゴンが現れたんですわ」

「黒いドラゴン？　S級か!?」

ローエは頷いた。

「そいつはとんでもなく強くて、わたくしと先生だけではとても敵いませんでしたわ。このままではマズイと先生は自分を囮にしてわたくしを逃がしてくれたんですの……ゼクードを呼んでくれって……」

「そうだったのか……」

だからフランベール先生だけいなかったのか……ある程度の予想はしていたが、これは辛いだろう。

何よりフランベールを置いていく形になったローエが一番辛いはずだ。

もしこのままフランベールが死んだら、ローエはこのさき笑って生きていけるのだろうか？

たとえ妹が助かっても。

どちらが悪いわけでもない不運の連鎖。

Ｓ級ドラゴンが現れ、フランベール先生は最善の行動を取っただけに過ぎないのだが。

「カティアさん……」

「？」

「弱いって……罪ですわね……」

「！」

俯いたローエからの言葉だった。

「わたくしがゼクードのように強ければ、こんなことにはならなかったんですわ……」

「ローエ……」

カティアはローエが泣いていることに気づき、そっと彼女の隣に腰を下ろした。

弱音を吐き出そうとしているから、聞いてやろうと思ったのだ。

フランベールが自分にそうしてくれたように。

「わたくしがゼクードのように強ければ、あんな黒いドラゴンも返り討ちにして、今ごろ【アンブロシア】も手に入れて、リーネを救うこともできたんですわ……何も問題なく……」

「ああ……」

「弱いと仲間も家族も救えない、守れない……わたくし、自分が情けないですわ……もっと強ければ先生を、自分を好きだと言ってくれた人を……置いて逃げることもなかったのに……！」

「ローエ……」

大粒の涙を流してローエは身体を震わせている。

「ごめんなさい……こんな、わたくし……」

「いいんだローエ。私しかいないから大丈夫だ……」

「ふぅぅ……くぅぅ……あぁぁ……ぅあぁ……」

ローエが嗚咽を吐き出し始めた。

カティアはただ、大切な友達の肩を抱いて身を寄せてやることしかできなかった。


俺は馬に乗り広大な草原を疾走していた。

目的地はもちろん【竜軍の森】だ。

「先生……」

やばい。怖い……怖い！

心臓が爆発しそうだ。
こんなに恐怖を感じているのは初めてだ。
フランベール先生が死ぬかもしれない。
死んでいるかもしれない。
そのことが、とてつもなく怖い！
手に入れたいと思った女性が死ぬかもしれない！
【エルガンディ王国】にはローエさんだけが帰還してきた。
しかもあんなボロボロな状態で。
よほど大群のドラゴンに襲われたのか、それともS級ドラゴンでも現れたのか。
どちらにせよ最悪の事態になったのは火を見るより明らかだ。
一秒でも早くフランベール先生を助けに行かねば！
「！」
草原の奥から。
行く手を阻むようにA級ドラゴンが数匹現れた。
おまけのようにドラゴンマンとドラゴンベビーも。
俺は騎乗したままロングブレードを抜刀する。
「どけぇぇえええええええええええ！」
腹の底から出した怒声と共にドラゴンどもを一閃。

馬からは降りない。
すれ違い様に斬り伏せていく。
雑魚が俺の邪魔をするな！
心の奥底でありったけの罵声を吐き散らした。
こんなにも自分が激情するのは本当に初めてだ。
こんなにも自分の心に火がついてるのは初めてだ。
失う恐怖に駆られている。
先生を失いたくない。
その衝動で頭がいっぱいだ。
だからこんなにも胸の奥が熱いのか。
だからこんなにも心臓が脈動するのか。
いつからか忘れていた、失うという恐怖。
それが今になって冷えきっていた心に熱を灯した。
なぜ冷えきっていたのかも思い出せず、俺は馬で疾走を続けた。

【竜軍の森】は深い。
生い茂る木々《きぎ》は夕陽を遮り、フランベールの足元を暗くしていた。

それは今まさに、命の危険に晒され疾走しているフランベールにとっては最悪な環境状態だった。

行く手を邪魔するように立ちはだかる灌木《かんぼく》や小枝を薙ぎ払い、フランベールは息を切らしながらも巨木に身を隠した。

すぐさま息を整えようとするも、次の瞬間には爆発音が轟き巨木が弾け飛んだ。

「くっ！」

視界が黒煙で覆われる。

おまけに鼓膜がやられて周りの音がやたらと遠くなった。

フランベールはそれでもすぐさま走り出した。

上空ではあの黒いドラゴンがこちらを狙っている。

的確にこちらを狙撃してくる火球の弾雨を掻い潜り、立ち止まっては死ぬ恐怖と戦う。

もう何時間と走り続けていて体力は限界を越えようとしていた。

一歩一歩が重く、気を抜けばそのまま崩れそうになる。

崩れたら最後。

火球の乱射を叩き込まれてあの世行きだ。

フランベールは森の中にいるというのに、あのドラゴンは全てが見えてるかのように火球を撃ち込んでくる。

あのドラゴンは化け物だ。

ヤツの巨大な背の翼は、あの巨体を空へ浮上させるほどの飛行能力を持ち、空からの攻撃を可能にしている。

ならば地上戦は弱いかと言われたらまったくそうでなく。

あの翼からは吹き荒れる嵐を生み出し、身体の自由を奪ってくる。

こちらの態勢を崩したと見るや火球や爪などで仕掛けてくる。

まるで隙がなかったのだ。

そして案の定、こちらの攻撃は弾かれた。

ローエのハンマーによる大打撃も、フランベールの大弓による狙撃も。

唯一、攻撃が通りそうな部位はあった。

なぜかは知らないがヤツは腹部に大きな傷を負っている。

爆発物をくらったような炸裂を思わせる傷痕だった。

そこを狙えば、ゼクードでなくとも攻撃を通すことができるかもしれない。

しかし、ヤツの動きにこちらがついて行けてないのだ。

避けるので精一杯で、戦いになっていなかった。

ローエと二人掛かりでも数発しか攻撃を加えられていない。

これであのゼクードと同じS級騎士なのだから、自分が本当に情けなくなる。

「――あ」

森を駆け抜けていたフランベールの足に何かが引っ掛かった。

それは木の根だった。

転倒！

さらに不幸はフランベールを畳み掛けてきた。

転倒した先には地面が存在しなかった。

崖である。

「――っ!?」

悲鳴すら上げられず、フランベールは崖の下へ転がり落ちた。

幸いにも落下地点は川だった。

さらに幸いにもその川は深かった。

二つの不幸と幸運が重なり、フランベールは難を逃れる結果を得た。

黒いドラゴンが川に落ちたフランベールを見失ったのだ。

『川に落ちてもすぐに顔を出さない』というフランベールの機転が功を成した。

やっとの思いで黒いドラゴンの追撃を振り切ったフランベールは近くの丘に這い上がった。

「げほっ！　げほっ！　はぁ……はぁ……」

限界ギリギリまで潜っていたため少し水を飲んでしまった。

おかげでムセた。

涙目になりながらフランベールは周りを見渡す。

相変わらず木々に囲まれている場所だ。

地面は苔だらけの岩や砂。

目前には流されてきた川が広がる。

完全に自分の現在地が分からなくなった。

陽も暮れ出している。

これ以上は迂闊に動くわけにはいかない。

朝になるまでどこかに身を隠さねば。

そう思った矢先、川から離れたところに樹林帯《じゅりんたい》が広がっていた。

道らしい道はなくともドラゴンが通った痕跡もない。

身を隠して休む場所としてはなかなか上出来だった。

最初のキャンプ地に戻れない以上はここで休むしかない。

「休めるだけマシよね……」

独りごちたフランベールは水で濡れ冷えきった身体を丸めて座り、ただ朝を待つことにした。

焚き火をして身体を暖めたかったが、煙で黒いドラゴンに発見されたら今度こそ殺される。

寒くて凍死しそうだが、この樹林帯はそこそこ気温があるのでさすがに死にはしないだろう。

それでも――

「――寒い……」

独りぼっち。

深い森の奥で独りぼっちだ。

身体だけじゃなく心まで寒くなる。

それでも待つしかなかった。

森が闇に染まるのを感じながら、フランベールはただじっと朝を待つ。

揃えた両足の膝に顔をうずくめながら、フランベールは昔を思い出した。

過去にもこんな経験があったな、と。

あれはゼクードと出会った時だ。

彼の担任となり、彼の凄まじい才能に嫉妬し、焦っていた時期だった。

彼に勝ちたくて、フランベールはドラゴン狩りの実習をゼクードに持ちかけた。

少し前にゼクードが教師である自分を遥かに超える討伐速度を叩き出したから、この実習で抜き返すつもりだった。

しかしフランベールは焦りに焦り、A級ドラゴン相手に遅れをとってしまったのだ。

余計な焦りは無駄な緊張を生み、そこに隙ができた。

あの時は確か、なんとかゼクードのようにギリギリで敵の攻撃を避けて攻撃に移ろうとしたはず。

それに失敗して弓の弦を破損させてしまい、あげく負傷して魔法でも戦えなくなってしまった。

とんでもない緊急事態になったのだ。

あの時も逃げた先はこんな樹林帯だったはず。

恥ずべき過去だが……忘れたくない過去でもあった。

武器を失い、負傷した身で、全てが絶望的だったあの状況でA級ドラゴンに再度見つかってしまった。

もうダメだと思ったそのとき。

『先生！』

ゼクードが助けに来てくれたのである。

しかも彼はボロボロだった。

よほど必死に探してくれていたのだろう。

あの時の胸の高鳴りは今でも忘れない。

あの時の高鳴りがきっと、自分にとっての初恋の合図だったのだろう。

あの時こそ自分は彼のものになりたいと願った瞬間だった気がする。

四つも年下だから、教師と生徒という関係だから今まで躊躇していたけれど……

彼と交わした口づけを思い出す。

暖かく、溶けてしまいそうだったファーストキス。

抱き締め合って、互いの体温を感じ合ったあの時に戻りたい。

こんなことになるならあの時……あのまま抱いてもらえば良かった。

なにやってんだろわたし……後悔ばっかりだ。

ゼクードに会いたい。

またあの声が聞きたい。

またあの笑顔が見たい。

うずくまりながらフランベールは切にそう願った。

濡れて寒い自分の身体を暖めるようにフランベールは丸くなる。

どうせ死ぬのならゼクードのために、彼の子供を二～三人ほど産んでから死にたい。

「……こんなときに何考えてるんだろ。わたし」

さっきから寒いのに、そんな熱に浮かされたような思考ばかりしてしまう。

ゼクードに抱かれたいだの、彼の子供を産みたいだの。

なぜだろう。生命の危機だからだろうか。

男でも女でも、いつ死ぬか分からない環境にいると子孫を残そうとする本能が刺激されると聞いたことがある。

これがそうなのかもしれない。

確かにあの青いＳ級ドラゴン戦のときも、殺される寸前に思い出したのはゼクードのことだった。

やはり自分は、どうしようもないほどゼクードの事が好きなんだ。

何を今さらと思う反面、そう思えること自体が幸せだと感じた。

女に生まれて良かったと、こんな時だけは思える。

――さて、今は休もう。

いま大切なのは【アンブロシア】を手に入れること。

そして何より生き残ることだ。

自分のためにも、ローエのためにも死ぬわけにはいかない。

胸中で呟くと、凄まじい睡魔がフランベールを襲ってきた。

疲労のせいか、深い眠りに落ちるのはあっという間だった。


「——い——……せい——……んせい！　……先生！　フランベール先生！」

え!?

呼ばれて目を開けた先には漆黒の鎧を装備したゼクードの姿があった！

銀色の髪と紫色の瞳。

間違いない。

「ゼ、ゼクードくん！　来てくれたのね！」

「あぁ、良かった先生。無事で……」

ゼクードが安堵の息を漏らした。

愛しの男性を前にフランベールは抱きついて泣きたい衝動に駆られた。

溜めに溜め込んだ恐怖を彼の胸で発散したかった。

しかし、当のゼクードは疲れたように地面に座り込んでしまった。

「ゼクードくん？」

よく見れば彼の鎧は傷だらけ。

しかも底なしの体力の持ち主であるゼクードが息を上げている。

よほど必死に探してくれていたのが分かる状態だった。

「先生……こういうの、これっきりにしてくださいよ……」

「え？」

「生きた心地がしませんでしたよ俺は……」

「はは……うん、ごめんなさ――」

バクン。

――え？

変な音がしたと思ったら、ゼクードの顔が無くなっていた。

え
え？

なに
なにが
何が起きたの!?

首から血を吹いて、顔を無くしたゼクードの身体は崩れた。

その背後には例の黒いドラゴンが――

「ぃ……」

ゼクードの顔を噛み締めながら――

「い……」

迫り来る！

「いやあああああああああああああああああああ！」

感情の爆発はついに悲鳴となった。

そしてそれはフランベールを悪夢から覚醒させる！

「はっ!?」

フランベールは目を覚まして顔を上げた。

そこは朝日が射し込む樹林帯で、昨日寝た時となんら変わってない状態だった。

ゼクードの死体はなく、黒いドラゴンもいない。

「は――はぁ……はぁ……夢……」

自覚し、全身が恐ろしいほどの汗で濡れていることにも気づいた。

日光のせいで暑いのではない。

死んだ方がマシな夢を見てしまったからだ。

夢で良かっ――

刹那、空から急降下してくる殺気にフランベールは気づいた。

凄まじい風圧を巻き起こしながら着地してきたのは、最悪なことに、あの黒いドラゴンだった。
「あ……」
なぜここがバレたのか？
……決まってる。
『悪夢』で上げた先ほどの『悲鳴』が、このドラゴンを呼んでしまったのだろう。
黒いドラゴンは四肢を動かしフランベールに近づいてくる。
フランベールはすぐに逃げようとするが立てなかった。
「あ、や！」
なんで!?
こんなときになんで!?
先ほどの『悪夢』が原因なのか。
それともこの黒いドラゴンの襲撃が原因なのか。
フランベールは腰が抜けていた。
立てない！
立てないよ！
なんで!?
立て続けに起こった『悪夢』で脳がパニックに陥っていた。
ドラゴンは獲物を追い詰めるようにジリジリと肉薄してくる。

今にもフランベールを屠らんと。

「いや！　いやあ！　来ないで！」

足腰に力が入らず、両手で身体を必死に後退させる。

ガリガリっと背中の大弓が邪魔になり、さらに後退が遅くなる。

こうなったら！

思い至って、フランベールは無理やり大弓を取り出し、展開――できなかった。

ドゴン！　とドラゴンの左手を叩きつけられ武器の展開を邪魔されたのだ。

「がはっ！」

ドラゴンの力は凄まじく、地面に亀裂が走る。

押し倒された全身の骨が激痛と共に軋んだ。

「い、ぎっ！　ああああああああ！」

あまりの痛みに悲鳴を上げた。

完全に取り押さえられた。

もう逃げられない。

ドラゴンの力が強すぎて、身動き一つできない。

ドラゴンは取り押さえた獲物を見つめ、ベロリと牙を舐め回す。

そんなヤツの仕草が、これから捕食されるという恐怖をよりいっそう駆り立てた。

「はぁ……はぁ……くっ」

死ぬわけにはいかないって、
そう思ってたんだけどな……

これだけ不運が続くと、さすがにもう自分はここで死ぬ運命なのだろうと悟ってしまう。

さすがに疲れた。

瞳の奥から涙が溢れてくる。

こんなところで終わってしまう自分が悔しい。

何しに生まれてきたんだろう……わたし。

ごめんねゼクードくん。

キスだけしておいて、何もしてあげられなくて
何も残してあげられなくて、ごめんね。

大好きだよ。

全てを諦めたフランベールは目を閉じた。

弾みで涙が零れ落ちる。

ドラゴンが大口を開けて、フランベールに牙が当たる寸前。

「先生えええええええええええええっ！」

ドシュ！

何かが突き刺さる音が響くと、フランベールを取り押さえていた黒いドラゴンが悲鳴を上げて暴れ出した。

「え!?」

目を開けたフランベールは見た。

黒いドラゴンの腹からロングブレードの切っ先が貫通していた。

その激痛で大暴れするドラゴンの背には、ロングブレードを突き刺して張り付くゼクードの姿があった！

「うおおおおおおおあああああああああっ！」

怒声を張り上げたゼクードはロングブレードで敵の背をえぐる！

ドラゴンもがむしゃらに暴れゼクードを振り払った。

振り落とされたゼクードはフランベールの前で着地し、ロングブレードを構え直す。

「ゼクードくん！」

痛む全身を起こしてフランベールは彼を呼んだ。

「先生！　間に合って良かったです！　あとは俺にまかせてください！」

あぁ、この声、この頼もしい背中。

間違いない。

今度こそ本物のゼクードだ。

フランベールは今度は嬉しくて涙が溢れてきた。

また会えた。

それだけがむやみに嬉しい。

「ゼクードくん……ありがとう……」

その言葉が届いたかどうかは分からない。

ゼクードは黒いドラゴンと相対し睨み合っている。

黒騎士と黒竜の戦いが始まろうとしている。


先手を取ったのは黒いドラゴンだった。

凄まじい速度の爪による振り下ろし。

当たれば真っ二つにされるだろうソレを俺は持ち前の反応でパリィした。

攻撃を弾かれた黒竜は慌てて後退する。

大きくバックステップした直後、黒竜の左手が斬れ落ちた。

驚愕したらしい黒竜が瞳を大きく見開いた。

パリィと同時に切断しておいたのだ。

来ると分かっている攻撃を見切るのは容易い。

そして安易な左手による叩きつけだったから斬ることもできた。

左手を失った黒竜は腹からも腕からも血を流し、バックステップの着地に失敗する。ふんばれず体勢を崩した。

追撃してトドメを刺してやろうと俺は前進する。

が、ヤツは背中の両翼を広げた。

黒竜は俺に目掛けて風を起こしてきたのである。

「な！」

その風は想像を絶する威力だった。

巻き込まれた俺は全身が浮いて凄まじい速度で吹き飛ばされた。

ミスリルアーマーを着た重装備の俺を容易く飛ばしてきたのだ。

俺は近くの木を数本折りながら吹き飛ばされ、最後は地面に激突した。

「うぐっ！」

「ゼクードくん！」

「大丈夫です！」

それだけ返して、受け身を取ってすぐさま体勢を立て直す。

ああくそ。

カッコ悪いな俺。

こんなやつ無傷で勝ちたかったのに。

まぁいい、あの翼がやつの武器か。

さっき背中に張り付いたとき斬っとけば良かったな。

そんなことを思っていると火球が飛んできた。

それも数発と立て続けに。

全てロングブレードで斬り伏せ無力化する。

その間に黒竜は翼を広げて上昇し吼えた。

耳をつんざくような大音量の咆哮。

その後、両翼で二つの風を巻き起こした。

生まれた二つの風は合体し、一気に成長して巨大化する。

それは辺りの草木を巻き込むほどの巨大な竜巻と化した。

「こ、こんな竜巻を起こせるなんて！」

遠くでフランベール先生が驚愕していた。

俺の目前に迫る竜巻は、すでに自然災害の域に達しており、近づくもの全てを飲み込み、辺りの木々も巻き込んでいく。

「ゼクードくん！　逃げましょう！　こんなのに飲み込まれたら即死よ！」

フランベール先生が近寄り俺の肩を掴んで言ってきた。

俺はそっと彼女のその手を優しく握り返す。

「大丈夫ですよ先生。俺を信じて」

「ゼクードくん……」

「こいつはここで倒します」

そう言ってフランベール先生を下がらせ、俺はロングブレードを構え直す。

迫り来る竜巻に向かって俺は、渾身の力を込めてロングブレードを薙ぎ払う！

「【竜めくり】！」

父フォレッドから受け継いだ剣圧を風に変えて解き放つ技である。この技は父が女性のスカートをめくるために考えた技を戦闘用に強化した技らしい。

経緯が最低だが、こんな時には役に立つ。

ロングブレードから発せられた突風が竜巻に激突した。

二つの強風がぶつかり、爆風にも似た轟音を響かせる。

次の瞬間には双方の強風が相殺して消えた。

竜巻が消えたことで黒竜の姿が露になる。

獲物を捉え直した俺はロングブレードを握りしめ、黒竜に向かって突撃する。

恐らく最高の攻撃であっただろう竜巻を相殺され、黒竜は俺に恐怖を覚えたようだった。

黒竜は両翼を羽ばたかせ、空高く上昇していく。

「逃がすわけないだろ」

言って俺はロングブレードを逆手に持って構えた。

ロングブレードの刃が漆黒に染まる。

「【烈風・竜斬り】！」

『気』を纏ったロングブレードを振り抜き、三日月の形を成した『気』の斬撃が飛ぶ。

一発、二発、三発と銀色の斬撃を飛ばし、それは空へ逃げようとしている黒竜に全て当たった。

一発目は片翼を斬り落とし、二発目は片足を切断し、三発目は尻尾を両断した。

激痛にもがき暴れ出した黒竜は片翼を失ったこともあり落下。

タイミングを合わせ、落ちてくる黒竜に向かって俺は跳んだ。

「ぅおおおおおおお！」

尻尾の付け根からロングブレードを突き刺し、そのまま背中を走って顔まで一刀両断！

真っ二つになった黒竜は大量の血を撒き散らしながら地面に落ちた。

カチンとロングブレードを納刀し、即座に俺はフランベール先生の元へ走った。

「先生！」

「ゼクードくん！」

フランベール先生が駆け寄り、そのまま俺に抱きついてきた。俺もフランベール先生を受け止めしっかり抱きしめ返した。

「無事で良かった先生……本当に……」

「ありがとう……本当にありがとうゼクードくん！」

俺の胸に顔を埋めながらフランベール先生は言った。

泣いているらしく、少し涙声だ。

「……もう会えないかと思った」

「俺もです……」

震える先生の肩が愛しくて、俺は彼女を抱きしめる力を強めた。

「俺も、もう会えないかもしれないって不安でいっぱいでした。頭の中が真っ白になって、本当に……無事で良かったです」

「ゼクードくん……」

しばらく抱きしめ合って、互いの体温を感じ合った。

またこうして抱きしめ合えた幸運を分かち合い。

ふとすれば、当たり前のように唇を重ねていた。

その行為に俺も先生も、何一つとして疑問はない。

一度すでにしているからというのもあるが、それだけじゃない。

もう愛し合っているんだ。

言葉を交わさずとも分かる。

フランベール先生の身体は暖かい。

ボロボロだが、確かに生の熱を宿してる。

しっとりした柔らかい唇にも熱を感じる。

先生はちゃんと生きてる。

良かった。

間に合って良かった。

心の底からそう思う。

満足するまで抱き合い、キスを堪能する。

身体を離して俺は先生の頬を撫でた。

先生は嬉しそうに、その俺の手に頬をすり寄せてきた。

そこで俺はハッと思い出したことを口にした。

「先生！　このまま【アンブロシア】の探索に移ります！　大丈夫ですか？」

「あ、うん。大丈夫よ。急ぎましょう」


日が沈み始めた五日目にて、俺とフランベール先生は【エルガンディ王国】へ生還した。

「「ゼクード！　先生！」」

『第二城壁』のゲート前で、歓喜の声を上げて出迎えてくれたのはカティアさんとローエさんだった。

ずっと待っていてくれたようである。

「先生ええええ！」

ローエさんがフランベール先生に抱きついた。

「ローエさん！」

「良かった！　無事で本当に良かったですわ！　ホンットに良かったですわ！　先生に何かあったらわたくし！　わたくしぃ！」

「ありがとうローエさん。ローエさんがゼクードくんを呼んでくれたおかげで助かったのよ、わたし。本当にありがとう」

言われたローエさんはフランベール先生から離れて、俺に視線を向けた。

涙と鼻水でローエさんの顔が凄いことになってた。

せっかくの美人が台無しであるが、それだけ不安でいっぱいだったのだろう。

「あぁゼクード！　本当に……本当に……本当にありがとうございますですわ！」

大袈裟な御辞儀をするローエさんに俺は首を振る。

「いえいえ。それよりローエさんコレを」

俺は手に入れた【アンブロシア】をローエさんに手渡した。

ローエさんの目がこれ以上にないほど見開かれる。

「こ、これは！」

「急いで【調合師】にこれを渡して【秘薬】を作ってもらってください。妹さんを早く救ってあげてください」

「ゼクード……ありがとう……本当に…………愛してますわ。心から」

それだけ言い残してローエさんは【調合師】の元へと走って行った。

愛してる、か。

これ以上にない報酬をもらった気がする。

「んん！　これで妹さんが回復すれば一件落着ですね」

背伸びしながら言うと、俺の向かいでカティアさんが笑った。

「お疲れ様。ローエと先生を襲ったドラゴンはどうしたんだ？」

「ああ、アイツならボッコボコにして再起不能にしておきました」

俺はさも当然のように親指を立てて誇らしげに言った。

「ボコボコって言うか、バラバラって言うか」

フランベール先生が苦笑しながら訂正する。

当のカティアさんは笑いながら大きく息を吐いた。

それは溜め息というより感嘆の息のようで。

「さすがだな。本当に凄いよお前は。大した男だ」

カティアさんの言葉にフランベール先生が横でウンウンと同意の相づちを打った。

大した男と言われて嬉しいが、運が良かった面もある。

とくに先生の救出に間に合ったのがそれだ。

あと少し遅かったらフランベール先生は食われてただろう。

だがせっかく褒めてくれてるのだ。

わざわざ謙遜する必要はないだろう。

俺はこの結果に胸を張った。

「ありがとうございます」

「ふふ、疲れてるだろう。夕飯はどうする？」

「あー、もう今日はヘトヘトなんでとりあえず寝ます」

「先生も？」

「うん。わたしもそうするわ」

「了解です。ならゼクード。Ｓ級ドラゴンの撃破報告は私がしておく。今日はゆっくり休むといい」

「あ、じゃあお願いしていいですか？」

「ああ。まかせておけ」

そう言ってカティアさんは城の方へ去って行った。

見送った俺は視線をフランベール先生の方へ。

「じゃあ先生。俺はこの辺で――」

「あ、待ってゼクードくん。良かったらわたしの家でお風呂入らない？　一緒に」

「え？　行きます」

俺は即答した。


夕日が沈んでいく中で案内されたフランベール先生の家は大きな邸宅だった。

純白の外壁に青い屋根が特徴的である。

その邸宅はＳ級ドラゴンの被害を受けておらず無傷だった。

おそろしく広い庭にはレンガで仕切られた花壇があり、美しい花たちが風に揺れている。

庭の隅っこに見える小屋は馬小屋か？

それとも鶏小屋か？

なんにせよ中央に建っている邸宅と比べれば圧倒的に小さく便所にさえ見える。俺の家よりも小さい。

物置かな？　まぁどうでもいいか。

「大きな家ですね」

「そうだね。地位だけはある家だから」

苦笑しながらフランベール先生が言った。

そのまま囲いの門を開き、庭の中へと入る。

時間も遅いせいか庭に誰もいない。

代わりに中央の邸宅からは光が見えた。

内窓から漏れる光はおそらく内部暖炉の光だろう。

数人の人影も見えるが、楽しそうに食事してるシルエットが窺えた。

かなりの大人数が一つの部屋でワイワイと食事をしているようだ。

呑気だなぁと思う反面、あれ全員フランベール先生の家族なのかなと気になった。

思ったより大家族なんだな。

そもそもフランベール先生の家族のことを知らない。

どんな人たちなんだろう？

そんなことを考えていたら、フランベール先生は庭の隅っこにある馬小屋もどきの小屋へ向かい始めた。

「あれ？　どこ行くんですか先生？」

「わたしの家はあそこなの」

困ったように笑いながら先生は鶏小屋もどきの小屋を指差した。

……あの便所もどきが先生の家？

「え、じゃあああの中央の邸宅は誰のなんですか？」

「わたしの両親の家だよ。父が一人と母が三人。あと姉が四人住んでる」

「へぇ……」

想像以上に大家族だ。

いやそれよりフランベール先生のこの扱いはなんだ？

なんで別に住んでる？

……いや、なんとなくわかった。

フランベール先生は【攻撃魔法】の持ち主だ。

家族にも異端扱いされているのかもしれない。

母が三人で姉が四人なら計七人の普通の女性がいることになる。

だからこうして離れて暮らしているのかもしれない。

女性の差別意識は未だに根強いと聞くから。

「わたし【攻撃魔法】を持ってるから家族の絡みが鬱陶しくてね。だからここに住んでるの」

「やっぱりそうなんですね……」

「うん……ぁ、つまんない話はやめとこうか。せっかくの混浴だものね」

「そうですね」

……混浴!?


俺は今、夢を見ているようだ。

フランベール先生の家にお邪魔して、しかも今、お風呂にまで浸からせてもらっている。

それだけならまだいい。

いいんだ。

問題なのは、今まさにフランベール先生が俺の隣で一緒に湯船に浸かっていることだ。

もちろん全裸だ。

タオルなどの部位を隠すものは身につけていない。

正真正銘の全裸だ。

沸かしたお湯は綺麗すぎるほど透明なので、ちょっと視線を落とせば先生の大きな胸を直視できるのだ。

それだけじゃない。先生の美脚も見える。

「はぁ〜……気持ちぃねぇ……」

「とっても……」

そして先生のとろけたような口調が可愛い。

フランベール先生の身体は凄く柔らかい。

先生の身体と俺の身体が半身だけ密着している。

だから肌と肌を通して伝わるぬくもりと柔らかさを直に感じた。

「疲れてるのにワガママ聞いてくれてありがとうね」

「いえ」

「こうして一緒にお風呂に入りたかったの」

俺も入りたかったけど、まさかこんな早く入れるとは思ってなかった。

「俺もですよ先生。今すごく幸せです」

「うん。私もよ」

フランベール先生は何を思ったのか、俺の肩に顔を乗せてきた。

先生のクリーム色の髪が俺の頬に当たる。

柔らかい頬の感触が俺の肩を通じて伝わってきた。

先生の胸からも鼓動みたいな心臓の脈動音が聴こえてくる。

「うふふ、ゼクードくんの心臓の音すごいね」

「先生こそドキドキしてません？」

「あ、わかる？　わたしもドキドキしちゃってて収まらないんだ。あはは」

俺の肩で笑う先生。

先生もこの状況にドキドキしていたのか。

なんか、少し嬉しいというか、ホッとする。

「……ゼクードくん」

「はい？」

「このごろずっと足を引っ張ってばかりで、ごめんね」

突然なにを言い出すのか。

俺は肩にいる先生の顔を横目で見た。

「S級ドラゴン戦は結局ゼクードくん頼りで、わたしたちはなんのためにいるのか分からない。なにがS級騎士なんだろうって、なにが精鋭部隊なんだろうって、最近つくづく思ってた……」

「先生……」

「でもね、だからこそ逆に思うこともあるの。わたしたちは運が良いなって」

「え？」

「ゼクードくんがいたから、今わたしたちは生きているんだって。――ゼクードくんがいなかったらわたしは一年前のあの時すでに死んでたし、あの青いS級ドラゴンにも殺されてた。今回のあの黒いドラゴンにも……」

一年前のあの時？

ああ、あの模擬戦の時の……懐かしいな。

あの時も俺は先生を助けようと必死だったのを覚えてる。

今思えば俺は、あの頃からずっと先生に憧れていたのかもしれない。先生は凄く綺麗で優しかったから。

「だから運が良いなって、凄く思うの。わたしは」

本当にそうだなと共感する。

「ここにいてくれて、本当にありがとうゼクードくん」

「いえ、そんな……」

こんな風に言われたのは初めてだ。素直に嬉しい。

「今日はこれをどうしても言いたかったの。ゼクードくんのおかげでみんな生きてるよって」

「先生……」

「ゼクードくん……」

フランベール先生が姿勢を横にし、俺の胸に手を添えてきた。

先生の豊満な胸が俺の腕を包む感触がして全身が熱くなった。

「黒いドラゴンに襲われたとき、凄く怖かったの。でもその恐怖はきっと死ぬことへの恐怖だけじゃなくて、ゼクードくんに何も残せないまま死ぬのが本当に怖かったんだと思う」

「残す？」

疑問をそのまま口にしたら、先生は困ったように顔を赤くした。

それも本当に照れくさそうに。

「もぅゼクードくんったら……そんなの子供のことに決まってるでしょう？」

「あ……」

「わたしはずっと躊躇っていたから、死にかけてようやく後悔したの。ゼクードくんに抱いてもらえば良かったって。ゼクードくんの子供を産みたかったって……」

「先生……」

こんなに嬉しいことがあるだろうか。

狙っていた女性が自分の子供を孕みたがっていた事実。

「ゼクードくんさえ良ければ……今夜はずっと一緒にいたい……」

「先生……」

「ゼクードくん……お願い」

「なら今夜はずっと一緒に居よう。先生」

思いきって言うとフランベール先生は本当に嬉しそうに笑った。

そして「ありがとう」と先生は俺の身体を包み込んでくれた。

全身をフランベール先生の肢体で包まれた俺は、ついに興奮の制御が効かなくなった。

ただでさえ美しく、起伏に富んだ魅力的な身体をしているフランベール先生に密着されればどんな男でも興奮する。

木桶の浴槽でフランベール先生に抱きつかれて、俺の胸にフランベール先生の巨乳が押し付けられた。

そのあまりの柔らかさに脳がとろけそうになる。

同時に必死に抑えていた欲望が爆発して、ついに俺は自分の肉棒を勃起させてしまう。

その肉棒の先っぽがフランベール先生のヘソに当たった。

「ぁ……これ……」

フランベール先生が腹部に当たる突起物に気がつき、俺の肉棒を見て目を丸くした。

「すみません。我慢できなくて」

「す、凄いね……こんなに大きくなるんだ」

初めて見るらしい男性器にフランベール先生は頬を赤くしながらそう言った。

さすがにマジマジと見られると恥ずかしくなったが、相手はフランベール先生。何を恥ずかしがることがあろうかと俺は湯船から立ち上がった。

「凄いビクビクしてる……だ、大丈夫？」

「大丈夫……ではないです」

下半身に力を入れるとそれこそハチ切れそうになるほど痛い。今すぐにでもフランベール先生の膣に入れて落ち着きたい。

「あ、やっぱり痛いの!?　ぁ、えと、ちょ、ちょっと待ってね！　えーと、えーと、ああぅ……」

俺に対して後ろを向いてしまったフランベール先生は、何かを悩み出した。

どうしたのだろう？

なんにせよ、早く射精して吐き出してしまいたい。

フランベール先生はいま無防備にも俺に背を向けている。

フランベール先生のクリーム色の髪が垂れ、その奥に見える背筋は白く美しい。

引き締まった腰はお尻にかけて艶かしい曲線をえがき、俺の劣情を掻き立てる。

フランベール先生のお尻は桃のように綺麗で大きかった。

あの割れ目の間に、この勃起した肉棒を入れたらどれだけ気持ちいいのだろう。

熱に浮かされ、興奮した思考が欲望によってドロドロに溶けていく。

入れたい。

フランベール先生の膣にこの勃起した肉棒を入れたい。

受け入れてほしい。

でもまだ愛撫もなにもしていないし、このまま入れたら先生が痛いのではないだろうか？

そもそも先生が許してくれるのだろうか？

最後に残った理性が俺に葛藤をさせた。

【女性想い】を謳っている以上、身勝手なセックスをするわけにはいかない。

しかし相手が魅力的すぎるフランベール先生である以上、理性にも限界がある。

俺はフランベール先生の巨乳を狙って手を脇から差し込んだ。

当のフランベールは手でしてあげるべきなのか、それとも胸でしてあげるべきなのか、それともう挿入させてあげるべきなのか悩んでいた。

フランベールは十九歳とは言え男性経験はない。

べつに興味がなかったわけじゃないのだが、初めて好きになった相手がゼクードだったから、彼にしか意識がいってなかった。

だから初めてのセックスは絶対にゼクードが良かったし、ゼクードで無ければ嫌だとさえ思っていたほどだ。

他の男性に身体を許す、なんてことがまず無い発想なのだ。

ゼクードは苦しそうだ。

早くなんとかしてあげなければ。

あんなに興奮させたのは自分のせいなのだから。

でも手でしてあげるにもやったことないからどうすればいいか分からない。

肉棒を握って上下にコスッてあげるだけでいいのは知ってるが、力加減とかそんなのが分からない。

胸でしてあげるのも、どうすればいいのだろう。

肉棒を包み込んで上下するだけの筈だが。

ムニュン。

「んあ!?」

いきなり背後からゼクードがフランベールの巨乳を鷲掴んできた。

「え!?　ゼクードくん!?」

初めて誰かに胸を揉まれて驚くフランベール。

後ろのゼクードはフランベールの乳房に指を沈み込ませる。

「あん！」

甘い痺れが走って変な声が出てしまった。

ゼクードはフランベールの巨乳を堪能するように揉みしだく。

「んあ！　ゼ、ゼクードくん……どうしたのいきなり？」

「先生ごめん……先生を見てたら、我慢できなくなって……」

「ゼクードくん……」

荒い呼吸をしながらゼクードはフランベールの巨乳を揉み続ける。

フランベールはとくに抵抗しなかった。

ただただゼクードに胸を揉まれて、それを感じていた。

ぁ……わたし今、ゼクードくんにおっぱい揉まれてるんだ……

なんだろう。

このくすぐったい気持ち……

後ろから抱きつかれるような形になったフランベールは、自分のお尻にゼクードの勃起した肉棒の熱を感じとった。

あ……これ、ゼクードくんの……

お尻の割れ目に当てがってくるゼクードの肉棒は熱く、驚くほど硬く、また苦しそうなほどに脈打っていた。

胸を揉まれながらゼクードの肉棒の脈動をも感じる。

どんどん変な気分になってくる。

意図的になのか、ゼクードはお尻に肉棒を擦り付けてくるのだ。

まるでこのまま入れさせてほしいと、甘えているようで、訴えてるようで。

フランベールはつい『入れさせてあげたい』と思ってしまった。

そもそもゼクードを拒む理由なんて自分にはないのだから。

「はぁ、はぁ、先生……」

「はぁ、はぁ、ゼクードくん……」

「お願いです先生……このまま、したいです。先生の中に俺の、いれてもいいですか？」

荒い呼吸を繰り返しながら懇願するゼクードを見て、フランベールは『そんなにわたしとしたいんだ』と逆に嬉しくなった。

大好きな人に求められるのが、こんなにも嬉しいものとは思わなかった。

相手がゼクードだからだろう。

ゼクードに膣内への挿入を求められたフランベールは、意を決して頷いた。

「うん。いいよ。……初めてだから、優しくしてね？」

「はい！」

嬉しそうにするゼクードを見て、フランベールも嬉しくなって微笑んだ。

フランベールは浴室の壁に手をかけて、ゼクードが挿入しやすいようにお尻を突き出した。

自分は今、とんでもなくエッチな姿勢をしている。

ゼクードはフランベールの巨乳から手を離し、固定するようにお尻を掴んできた。

かと思うと、そのお尻さえも揉んできた。

「先生のお尻も、とても柔らかいです……気持ちいい」

「や……ゼクードくんのエッチ……」

気が済むまで揉んだら、いよいよゼクードは勃起した肉棒をフランベールの秘部に突き立てた。

にちゃにちゃ……と亀頭を擦り当てられ、その愛液の音で自分がどれだけ濡れているかようやく気づいた。

わたし、いつの間にこんなに……

でも良かった。

これならすぐにゼクードくんを受け入れてあげられる。

ゼクードは肉棒を何度かフランベールの秘部に擦り付けると、膣内への『入り口』を発見したらしく、亀頭をニュルと少しだけ侵入させてきた。

「あ……ゆ、ゆっくりとよ？」

「はい……」

言われたとおりゼクードはゆっくりと腰を押し進めてきた。

誰にも侵入を許したことがない領域をいま、ゼクードに許そうとしている。

フランベールはお尻を突き出したままジッとし、目を閉じて、ゼクードの挿入に意識を集中させた。

ゆっくりと亀頭がフランベールの膣に入っていく。

「ん！　あ………」

来る……ゼクードくんのが、わたしの中に……！

少しだけ痛みはあった。

でも、気持ち良さの方が上回っていた。

ズプッ！

「んああっ！」

ゼクードの肉棒はフランベールの純潔である処女膜を破った。

フランベールの大きくて柔らかいお尻とゼクードの腰が密着する。

「ん……んん！」

「はぁぁぁ——……先生の中……気持ちいい……！」

ガッチガチに勃起していた肉棒を全てフランベールの膣に納めたゼクードは大きな息を吐いた。


とても気持ちよさそうな、そんな吐息だった。

フランベールはゼクードの硬い肉棒の熱を、大事な膣の中でしっかり感じていた。

膣内で激しく脈動する肉棒。

すぐにでも射精してしまいそうなほどビクビクしている。

なんだかそれが、とても愛しく感じた。

「熱い……ゼクードくんの、凄く……」

熱くて硬いゼクードの肉棒は、フランベールを内部から暖めていく。

ヘソの芯まで暖められるような、そんな幸福感をフランベールは感じた。

大好きなゼクードと一つになれた幸せをしっかり噛み締める。

四つも年下だとか、生徒と教師だからとか、今までそんな理由でためらっていたのがバカらしくなるほど幸せだった。

「先生……先生！」

膣内を堪能したゼクードがついに腰を動かし始めた。

「あ！　あ！　あん！　ぜ、ゼクードくん！」

彼のピストン運動に耐えられず女の声をあげてしまう。

初めてなのに、フランベールは膣内を肉棒で擦られる快感を感じていた。

気持ち良い……ずっと彼にこうやって突かれていたい。

パンパンパンとフランベールの尻とゼクードの腰がぶつかり合う。

そんな卑猥な音が浴室に響いた。

あんあんあんとフランベールの甘い女の声もそれに混じる。

「そ、そうよ……そのまま出し入れ、はぅ！」

「ご、ごめん先生！　腰の動きがどんどん早く……！」

パンッパンッパンッパンッ！

「ぁあダメ！　ダメよ！　ゼクードくん！　あん！　良すぎちゃう！」

「はぁっ！　はぁっ！　先生！」

激しいピストン運動はそのままに、ゼクードはフランベールの腰から手を離し、またも揺れる巨乳に手を伸ばした。

身体の揺れで暴れる豊満な胸を、ゼクードは手のひらで包み込む。

ムニュン！

「やあん！」

揉まれた巨乳から甘い痺れがまたも走り、フランベールは顔を天へと仰いだ。

彼の手で胸を揉まれながら、彼の肉棒で膣を突かれている。

フランベールの女の部分全てをゼクードに支配されている。

ゼクードくんに、わたしの全部、堪能されてる……

その事実がフランベールをさらに興奮させ、膣の奥から何かが弾けそうな感覚を覚えた。

あ……これ……わたし、イッちゃう……

「せ、先生……俺、もう……！」

どうやらゼクードもすでに限界のようだった。

ゼクードの肉棒がフランベールの膣内で大きく膨らむのを感じた。

「ゼ、ゼクードくん……！」

射精しようとしている。

中出しされたら妊娠しちゃう。

そんな思考も一瞬だけあったが、自分はそもそもゼクードに子供を残してあげたいと思っている。

ならば迷うことはない。

このまま一緒にイキたい。

フランベールはゼクードに中出しされる道を選んだ。

このままゼクードの射精を受け止めてあげたい。

彼との初めてだから、ちゃんと受け止めてあげたいのだ。

S級ドラゴンの問題が片付いていないこの状況で受精するのはあまりに無責任かもしれない。

それでも……それでもゼクードの射精を受け止めたい。

中で思いっきり吐き出して、孕ませてほしい。

もう……もう後悔したくないから。

遠慮しないでゼクードくん。

わたしは逃げない。

あなたの全部、受け止めるから！

「あ、あ、あ……ッ！　ゼクード君、わたし……もう！」

「先生……っ！」

ゼクードが呻くと、フランベールの巨乳を掴んでいた手に力が入り、さらにムニュッと指が沈んだ。

そして！

どくん！

「うっ！」

「あ！」

フランベールの膣内でゼクードがついに射精を開始した。

凄まじい勢いでゼクードの肉棒が脈動する。

どくん！　どくん！　どくん！

「あ……ぁ……」

出てる……

胸をガッチリ掴まれたままの膣内射精だった。

しっかり受け止めてあげたかったから、フランベールはお尻をゼクードの方へとにかく押し付けた。

ゼクードもまた、腰をフランベールの尻に密着させる。

もちろんゼクードは巨乳から手を離さない。

女の部分を完全に支配されながらの受精は、気が飛びそうなほど気持ち良かった。

どくん！　どくん！　どくん！

まだゼクードの射精は衰えない。

彼の射精を受け止め続け、膣内が真っ白になっていくような、暖かい精液で満たされていくような、そんな快感をフランベールは感じた。

気持ちいい……これが、中出しなんだ……

流し込まれてるんだ……ゼクードくんの精液……

なんだか、凄く幸せ……

熱を感じたフランベールのあそこは、中に出されたゼクードの液体を子宮に吸いあげるように震えていた。

ぁぁ……だめよそんなに吸いあげちゃ……

子宮が精液でいっぱいになって……熱いよ……凄く……

そんな意思とは裏腹に、フランベールの子宮はそれこそ出されたゼクードの精液を一滴も無駄にすまいと吸いあげ続けている。

そんな言うことを聞かないワガママな子宮を仕方なく思い、そして愛しくも思い、フランベールはその感覚を受け入れた。

出されている精液を感じつつ、子宮のワガママを許す。

膣内に流し込まれてくる熱を感じ、子宮が吸い上げてくる熱を感じた。

精液が子宮に広がって満たされていく感覚。

妊娠しようと頑張ってくれている子宮が、とてつもなく愛しい。

暖かい……このまま、妊娠してほしいな……

目を閉じながら、フランベールはうっとりとそう思ってしまった。

どくん……どくん……どくん……

ゴクン……ゴクン……ゴクン……

そう、そうだよ……全部、飲み干して……

わたしをこのまま……妊娠させて……

ゼクードくんの赤ちゃん……欲しいの……


それからしばらくしてようやくゼクードの射精が収まった。

全てを出し切って、それでも数分は繋がったまま、巨乳を揉んだまま、互いの身体を密着させていた。

そして気が済むとゼクードは巨乳から手を離し、挿入していた肉棒も引き抜いた。

たっぷり射精したゼクードは力尽きたように浴槽に浸かり、たっぷり中出しされたフランベールもまた疲れたように湯船に浸かった。

お互いに乱れた呼吸を整えようと休む。

フランベールはゼクードの肉棒を見やった。

フランベールの中で出すものを出した肉棒は、先ほどとは違って小さく縮んでいた。

良かった……スッキリしてくれたんだ……ゼクードくん。

「先生……」

「はぁ……はぁ……なぁに？」

「ありがとう……受け止めてくれて……凄く気持ち良かった……」

「ふふ、いいのよ。赤ちゃん楽しみだね」

「本当に」

二人はそのまま愛のあるキスをした。

セックスの余韻に浸り、その日は同じベッドで一夜を共にする。

その夜。

眠るフランベールの体内では、ゼクードの一匹の精子がフランベールの卵子と出会った。

そしてそれは……

ぴちょん……――

しっかり一つとなった。

エピローグ

控えめな小鳥の囀りが聞こえる。

小さな窓から日光が差し込み、俺の背中を照らしている。

そこでようやく俺は今の時間が朝だと気づいた。

「嘘……もう朝なの？」

フランベール先生が正常位で俺に抱かれたまま信じられなそうに言った。

俺も信じられなかった。もう朝なのかと。

一睡もできなかった。

あれから寝ようと二人で試みたがなかなか寝付けず、収まらない性の衝動に駆られて狂ったようにお互いを求め合った。

そして今に至る。

眠気はあるが、身体はスッキリして満たされている。

とても不思議な感覚だった。

「先生。これで最後にしよう。ローエさんの妹さんが気になります」

「うん。そうだね」

俺はフランベール先生と繋がったまま達し、最後も受け止めてもらった。

そして抱き締め合っていた身体を離し、ゆっくりと結合を解く。

果たして、ベッドから降りて共に服を着ていき、共に眠い目を擦りながらローエさんの家を目指す。

朝食は……眠くてさすがに食べる気にならなかった。


ローエさんの家を訪ねようと【マクシア領】に来た俺とフランベール先生は道中でカティアさんと出会った。

「あ、カティアさん。おはようございます」

「おはようカティアさん」

「おはよう。二人もローエの件か？」

俺は頷いた。

「妹さんが無事なのか気になって。【秘薬】の調合が成功していればいいですが……」

「そうだな……ここで案じていても始まらん。行くぞ」

カティアさんに言われ「はい」と返事をしたその時！

「ゼクードォオオオオオーーーーー！」

朝から大音量のローエさんの声が弾けた。

見ればローエさんが向かいから走って来ていた。

あっという間にこっちに来たローエさんは俺の胸に飛び込んできた。

「うおっと！　ローエさん！」

「聞いてゼクード！　助かりましたわ！　リーネが回復しましたの！　あなたと先生のおかげですわ！」

「ほ、本当に!?　やった！　良かったー！」

ローエさんを抱きしめ返してその場でブンブンと回ってみせた。

ローエさんも嬉し泣きしながら俺に抱きついて喜びを分かち合う。そして止まってローエさんは地に足をつけた。

「ゼクード！　本当にありがとう！　あなたはわたくしの英雄ですわ！」

「ローエさんの英雄かぁ……悪くないですね」

「ふふ……あ！　先生！」

フランベール先生の存在に気づいたローエさんは駆け寄って手を握った。

「先生ありがとうございます！　妹は助かりましたわ！　本当に感謝します！」

「うん。妹さんが無事で本当に、良かった……それが聞ければ……十……分……」

フランベール先生は急に立ち眩み、態勢が崩れた。

「先生!?」っとカティアさんが支える。

俺も急に視界が暗くなってきた。

あ、あれ？　どうしたんだ……俺の身体は？

急に、眠気が……やば…………………

妹さんの無事を聞いたら緊張が解けたらしく、寝不足だった身体がついに限界を迎えた。


ゼクードとフランベール先生が急に地面に倒れてしまった。

「え!?　どうしましたのゼクード!?　先生!?」

「ぉ、おい！　こんなところで寝るな馬鹿者！　風邪ひくぞ！」

ローエとカティアが二人を揺さぶるも反応しない。

聞こえてくるのは寝息だけ。

爆睡している。

「……ダメだ。完全に寝ている」

「昨日ちゃんと寝なかったのかしら？」

「さぁな……もしかしたら昨日からずっと一緒にいたのかもしれん」

「それって……」

ゼクードとフランベール先生が一夜を共にしたということ?

まったく……わたくしを抱いておきながら……

と思いつつも、以前ほどの不快感はなくなっていた。

ゼクードもフランベール先生も恩人だからだろう。

「とりあえず二人を運ぼう。ローエ。ゼクードを頼む」

「ええ、わかりましたわ」

カティアの指示にローエは素直に従った。

カティアには弱い面を見せてしまったが、それでも受け止めてくれた恩がある。

みんなにはたくさん支えられた。

こんなにも心が安らぐ仲間は初めてだ。

これが部隊ではなく、家族になったらどう感じるのだろう？

ハーレムにはまだ抵抗はあるが、
ゼクード・カティア・フランベール先生となら……

うん……きっと、悪くない気がしますわ。

《了》

あとがき

この度は【S級騎士】をご愛読くださりありがとうございます。この作品は【自分の納得できるハーレムもの】をテーマに執筆しました。特に意識したのは【時間の経過】です。みなさんはローエ・カティア・フランベールの誰が好みだったでしょうか？　ちなみに私は三人とも好きです。理由はみんなある部分がとても大きいから。素晴らしい。

そしてそんな素晴らしい三人の女騎士をもっと美しく描いて下さったイラストレーターのiltusa先生！　この場を借りて御礼申し上げます！　ありがとうございます！

iltusa先生を紹介されて、本当に様々なイラストを手掛けられていて、この人だ！　とピーンと来て担当にお願いしました。そしたらやはりお忙しい先生とのことで、書籍の販売が遅くなりますよ？　と言われましたが絶対にiltusa先生がよかったので遅くなっても一向に構わん！　と担当にお願いしました！　そしてやはり！　お願いして正解でした！　見てくださいこの素晴らしいローエ・カティア・フランベールを！

鎧のデザイン。武器のデザイン。ドラゴンのデザインなどもしてくださり頭が上がりませんでした。

iltusa先生！　そしてワガママを聞いてくださった担当様！　本当にありがとうございました！

ミズノみすぎ